AF381053

Der Autor:

EDGAR RICE BURROUGHS war ein amerikanischer Schriftsteller der spekulativen Fiktion, der vor allem für sein umfangreiches Werk in den Genres Abenteuer, Science Fiction und Fantasy bekannt ist. Zu seinen bekanntesten Werken gehört Tarzan der Affen.

Der Herausgeber DIPL.-MATH. KLAUS-DIETER SEDLACEK, Jahrgang 1948, studierte in Stuttgart neben Mathematik und Informatik auch Physik. Nach fünfundzwanzig Jahren Berufspraxis in der eigenen Firma widmet er sich nun seinen privaten Forschungsvorhaben. Darüber hinaus ist er der Herausgeber mehrerer Buchreihen.

Über das Buch:

Der Autor stellt sich eine Zukunft im dreiundzwanzigsten Jahrhundert vor, in der die westliche Hemisphäre den Kontakt mit dem Rest der Welt abbricht und es verboten ist, den dreißigsten Längengrad nach Osten zu überqueren. Im Jahr 2237 ist der Leutnant der Pan-American Navy, Jefferson Turck, der Commander des Aero-U-Boots Coldwater, das auf dem dreißigsten Längengrad zwischen Island und den Azoren patrouillieren soll. Die Katastrophe nimmt ihren Lauf, als die Antigravitationsschirme des Schiffes versagen, es auf der Meeresoberfläche notlanden muss und dann auch noch die Motoren ausfallen. Da auch der drahtlose Funk ausgefallen ist, kann Turck nicht einmal Hilfe rufen. Während die Besatzung versucht, das Schiff zu reparieren, um es wieder flott zu machen, gehen Turck und drei Untergebene, Snider, Taylor und Delcarte, in einem kleinen Boot fischen. Während sie hinausfahren, wird die Coldwater erfolgreich repariert und fliegt ohne den Commander und seine drei Ausflügler davon. Steckt Turcks zweiter Offizier Alvarez hinter diesem Verrat und wie ergeht es Turck und seinen Untergebenen hinter der Dreißig Grenze?

Anm. des Herausgebers:

Um störende Überschneidungen mit Ereignissen der heutigen Zeit zu vermeiden, ist die Handlung gegenüber der ursprünglichen amerikanischen Ausgabe mit dem Titel "Beyond Thirty" um weitere 100 Jahre in die Zukunft verlegt worden.

Edgar Rice Burroughs

Die Dreißig Grenze

oder *Der verlorene Kontinent*
vom Autor der
Tarzan Geschichten

Herausgegeben von
Klaus-Dieter Sedlacek

ToppBook Fantastische Welt Bd. 12

Bibliografische Information der Deutschen Nationalbibliothek:
Die Deutsche Nationalbibliothek verzeichnet diese Publikation in der
Deutschen Nationalbibliografie; detaillierte bibliografische Daten
sind im Internet über dnb.dnb.de abrufbar

Übersetzung, Coverdesign, Satz in moderner Antiqua-Schrift:
Klaus-Dieter Sedlacek
https://toppbook.de

© 2021 Klaus-Dieter Sedlacek
Herstellung und Verlag: BoD – Books on Demand, Norderstedt

ISBN: 978-3-7526-6708-0

Inhaltsverzeichnis

KAPITEL I 7

KAPITEL II 23

KAPITEL III 29

KAPITEL IV 38

KAPITEL V 62

KAPITEL VI 72

KAPITEL VII 83

KAPITEL VIII 87

KAPITEL IX 99

KAPITEL I.

Seit meiner frühesten Kindheit war ich seltsam fasziniert von dem Geheimnis, das die Geschichte der letzten Tage des einundzwanzigsten Jahrhunderts in Europa umgibt. Mein Interesse gilt vielleicht nicht so sehr den bekannten Tatsachen als vielmehr den Spekulationen über das Unbekannte der zwei Jahrhunderte, die vergangen sind, seit die Kommunikation und der Austausch zwischen der westlichen und der östlichen Hemisphäre aufgehört haben - das Geheimnis des Zustands Europas nach dem Ende des Großen Krieges - vorausgesetzt natürlich, dass der Krieg dort beendet worden ist.

Aus der Dürftigkeit unserer zensierten Geschichtsschreibung erfuhren wir, dass fünfzehn Jahre lang nach dem Abbruch der diplomatischen Beziehungen zwischen den Vereinigten Staaten von Nordamerika und den kriegsführenden Nationen der Alten Welt von Zeit zu Zeit Nachrichten von mehr oder weniger zweifelhafter Echtheit aus der östlichen in die westliche Hemisphäre eindrangen.

Dann setzte jene historische Propaganda ein, die sich am besten mit ihrem eigenen Slogan beschreiben lässt: "Der Osten für den Osten - der Westen für den Westen", und jeder weitere Verkehr wurde per Gesetz unterbunden.

Schon vorher war der transozeanische Handel wegen der Gefahren in den von Minen übersäten Gewässern des Atlantiks und des Pazifiks praktisch zum Erliegen gekommen. Wann genau die U-Boot-Aktivitäten endeten, wissen wir nicht, aber das letzte Schiff dieser Art, das von einem Pan-Amerika Handelsschiff gesichtet wurde, war die riesige Q 138, die im Herbst 2072 vor den Bermudas neunundzwanzig Torpedos auf einen brasilianischen Tankdampfer abfeuerte. Eine schwere See und die ausgezeichnete Seemannschaft des Kapitäns der Brasilianer erlaubten dem Pan-Amerika Schiff zu entkommen und diesen letzten einer langen Reihe von Übergriffen auf unseren Handel zu melden. Gott allein weiß, wie viele Hunderte unserer alten Schiffe den umherstreifenden Stahlhaien des blutrünstigen Europas zum Opfer fielen. Zahllos waren die Schiffe und Menschen, die unseren östlichen und westlichen Horizont passierten und nie wieder zurückkehrten; aber ob sie ihr Schicksal vor den rülpsenden Rohren der Unterseeboote oder unter den ziellos treibenden Minenfeldern ereilte, weiß kein Mensch mehr zu sagen.

Und dann kam die große Pan-Amerikanische Föderation, die die westliche Hemisphäre von Pol zu Pol unter einer einzigen Flagge verband, die die Marinen der Neuen Welt zur mächtigsten Kampfkraft vereinte, die jemals die sieben Meere befuhr - das größte Friedensargument, das die Welt je gekannt hatte.

Seit diesem Tag herrschte Frieden von der Westküste der Azoren bis zur Westküste der Hawaii-Inseln, und kein Mensch der einen oder anderen Hemisphäre hat es gewagt, 30°W. oder 175°W. zu überschreiten. Von 30° bis 175° gehört die Welt uns - von 30° bis 175° herrschen Frieden, Wohlstand und Glück.

Jenseits war das große Unbekannte. Selbst die Geografien meiner Kindheit zeigten nichts darüber hinaus. Man lehrte uns, dass es kein Jenseits gab. Spekulationen wurden entmutigt. Zweihundert Jahre lang war die östliche Hemisphäre von den Karten und Geschichtsbüchern Pan-Amerikas getilgt worden. Selbst ihre Erwähnung in der Fiktion war verboten.

Unsere Friedensschiffe patrouillieren zwischen dreißig Grad und Einhundertfünfundsiebzig. Welche Schiffe sie von jenseits gewarnt haben, zeigen nur die geheimen Archive der Regierung; aber, da ich selbst ein Navy-Offizier bin, habe ich aus den Überlieferungen des Dienstes entnommen, dass es volle zweihundert Jahre her ist, seit Rauch oder Segel östlich von 30° oder westlich von 175° gesichtet worden sind. Über das Schicksal der aufgegebenen Provinzen, die jenseits der toten Linien lagen, konnten wir nur spekulieren. Dass sie von der Militärmacht eingenommen wurden, die nach dem Sturz der Republik in China so plötzlich aufstieg und Russland und Japan die Mandschurei und Korea abtrotzte und sich auch die Philippinen einverleibte, liegt durchaus im Bereich des Möglichen.

Es war der Commander eines chinesischen Kriegsschiffes, der vor zweihundertsechsundsiebzig Jahren aus der Hand meines illustren Vorfahren, Admiral Turck, eine Abschrift des Edikts von 2072 erhielt, und aus den vergilbten Seiten des Tagebuchs des Admirals erfuhr ich, dass das Schicksal der Philippinen schon damals von diesen chinesischen Navy-Offizieren vorausgesehen wurde.

Ja, mehr als zweihundert Jahre lang überquerte kein Mensch den Längengrad Dreißig bis 175° und überlebte, um seine Geschichte zu erzählen - nicht, bis der Zufall mich hinüber und wieder zurückbrachte, und die öffentliche Meinung, die sich endlich gegen die drastischen Vorschriften unserer längst verstorbenen Vorfahren auflehnte, verlangte, dass meine Geschichte der Welt mitgeteilt und das enge Verbot, das

Frieden, Wohlstand und Glück bei 30° und 175° zu stoppen gebot, für immer aufgehoben würde.

Ich bin froh, dass es mir gegeben wurde, ein Instrument in den Händen der Vorsehung zu sein, um das gottverlassene Europa zu befreien und das Leiden, die Erniedrigung und die abgrundtiefe Unwissenheit, in der ich es vorfand, zu lindern.

Ich werde nicht mehr leben, um die vollständige Regeneration der wilden Horden der östlichen Hemisphäre zu sehen - das ist ein Werk, das viele Generationen, vielleicht Jahrhunderte benötigen wird, so vollständig ist ihr Rückfall in die Wildheit gewesen; aber ich weiß, dass das Werk begonnen wurde, und ich bin stolz auf den Anteil daran, den meine großzügigen Landsleute in meine Hände gelegt haben.

Die Regierung besitzt bereits einen vollständigen offiziellen Bericht über meine Abenteuer jenseits der dreißiger Marke. In der Erzählung beabsichtige ich, meine Geschichte in einem weniger förmlichen und, wie ich hoffe, unterhaltsameren Stil zu erzählen; obwohl ich, da ich nur ein Navy-Offizier bin und nicht den geringsten Anspruch auf literarische Fähigkeiten erhebe, mit Sicherheit weit hinter den Möglichkeiten zurückbleiben werde, die meinem Thema innewohnen. Die Tatsache, dass ich die wundersamsten Abenteuer erlebt habe, die einem zivilisierten Menschen in den letzten zwei Jahrhunderten widerfahren sind, bestärkt mich in der Überzeugung, dass, wie schlecht auch immer die Erzählung sein mag, die Fakten selbst Ihr Interesse bis zur letzten Seite aufrechterhalten werden.

Über die Dreißig hinaus! Romantik, Abenteuer, fremde Völker, furchterregende Tiere - all die Aufregung und Hektik des Lebens der Alten des einundzwanzigsten Jahrhunderts, die uns in diesen tristen Tagen des Friedens und des prosaischen Wohlstands verwehrt geblieben sind - all das liegt jenseits der Dreißig, der unsichtbaren Barriere zwischen der stupiden, kommerziellen Gegenwart und der sorglosen, barbarischen Vergangenheit.

Welcher Junge hat sich nicht nach der guten alten Zeit der Kriege, Revolutionen und Unruhen gesehnt; wie habe ich in den Chroniken jener alten Tage geblättert, jener lieben alten Tage, als die Arbeiter bewaffnet zu ihrer Arbeit gingen; als sie mit Gewehr und Bombe und Dolch aufeinander losgingen und die Straßen rot vor Blut waren! Ah, aber das waren die Zeiten, als das Leben noch lebenswert war; als ein Mann, der nachts ausging, nicht wusste, an welcher dunklen Ecke ein "Galgenvogel" aufspringen und ihn erschlagen könnte; als wilde Tiere den Wald und die Dschungel durchstreiften und es wilde Menschen und noch unerforschte Länder gab.

Heute gibt es in der ganzen westlichen Hemisphäre keinen Menschen, der nicht ein Schulhaus in Gehdistanz zu seiner Wohnung oder zumindest in Flugdistanz findet.

Das wildeste Tier, das unsere Einöde durchstreift, haust im gefrorenen Norden oder im gefrorenen Süden in einem Regierungsreservat, wo die Neugierigen es ungestraft beobachten und mit Brotkrumen aus der Hand füttern können.

Aber jenseits von der Dreißig! Und ich bin dorthin gegangen und zurückgekommen; und jetzt dürfen Sie dorthin gehen, denn es ist nicht länger Hochverrat, der mit Schande oder Tod bestraft wird, 30° oder 175° zu überschreiten.

Mein Name ist Jefferson Turck. Ich bin Leutnant der Marine, der großen Pan-Amerikanischen Navy, der einzigen Marine, die es jetzt auf der ganzen Welt gibt.

Ich wurde in Arizona, in den Vereinigten Staaten von Nordamerika, im Jahre des Herrn 2216 geboren. Ich bin also einundzwanzig Jahre alt.

Schon als kleiner Junge hatte ich genug von den wimmelnden Städten und den überfüllten ländlichen Gegenden Arizonas. Jede Generation der Turcks war seit über zwei Jahrhunderten in der Navy vertreten. Die Navy rief nach mir, ebenso wie die freien, weiten, unbewohnten Räume der mächtigen Ozeane. Und so trat ich in die Navy ein, stieg von Rang zu Rang auf, wie wir es alle müssen, und lernte unser Handwerk, während ich aufstieg. Meine Beförderung erfolgte schnell, denn meine Familie scheint die Marine zu erben. Wir sind geborene Offiziere, und ich rechne mir keinen besonderen Verdienst für einen frühen Aufstieg im Dienst an.

Mit zwanzig fand ich mich als Leutnant im Kommando des Flug-U-Boots Coldwater, der SS-96-Klasse, wieder. Die Coldwater war eines der ersten Luft- und Unterwasserfahrzeuge, die seit ihrem Stapellauf stark verbessert wurden. Sie besaß unzählige Schwächen, die glücklicherweise bei neueren Schiffen ähnlichen Typs beseitigt wurden.

Selbst als ich das Kommando übernahm, war sie nur noch für den Schrotthaufen geeignet; aber die uralte Sparsamkeit der Regierung behielt sie im aktiven Dienst und schickte zweihundert Mann mit mir los, einem bloßen Jungen, als Commander auf See, um als Patrouille auf 30 Routen von Island bis zu den Azoren zu fahren.

Einen Großteil meiner Dienstzeit hatte ich an Bord der großen Kriegsschiffe verbracht. Das sind die alten Versorgungsschiffe der Marinen, die die Völker mit Steuern für ihren Unterhalt belasteten, die die Marinen in die heutigen Flotten von sich selbst finanzierenden Schiffen verwandelt haben. Sie bieten reichlich Zeit für Schießübungen und Kanonendrill, während sie Fracht und Post von den Kontinenten zu den weit verstreuten Inseln Pan-Amerikas transportieren.

Dieser Dienstwechsel war mir höchst willkommen, zumal er die begehrte Verantwortung des alleinigen Kommandos mit sich brachte, und ich war geneigt, in dem natürlichen Stolz, den ich wegen meines ersten Schiffes empfand, über die Unzulänglichkeiten der Coldwater hinwegzusehen.

Die Coldwater war für einen zweimonatigen Patrouillendienst ausgerüstet - die übliche Einsatzdauer in diesem Dienst - und ein Monat war bereits vergangen, ohne dass die Monotonie durch den Anblick eines anderen Schiffes aufgelockert worden wäre, als sich das erste unserer Missgeschicke ereignete.

Wir hatten einen Sturm in einer Höhe von etwa dreitausend Fuß durchgestanden. Die ganze Nacht über schwebten wir über den wirbelnden Schwaden der Mondscheinwolken. Die Detonation des Donners und das Blitzen durch einen gelegentlichen Spalt in der Nebelwand verkündeten die anhaltende Wut des Sturms auf der Meeresoberfläche; aber wir, weit über allem, schwebten in relativer Ruhe über dem oberen Orkan. Mit dem Anbruch der Dämmerung wurden die Wolken unter uns zu einem herrlichen Meer aus Gold und Silber, weich und schön; aber sie konnten uns nicht über die Schwärze und die Schrecken des sturmgepeitschten Ozeans hinwegtäuschen, die sie verbargen.

Ich war gerade beim Frühstück, als mein Chefingenieur eintrat und salutierte. Sein Gesicht war ernst, und ich fand, dass er sogar ein wenig blasser war als sonst.

"Und?", fragte ich.

Er strich sich mit dem hinteren Zeigefinger nervös über die Stirn, eine Geste, die er in Momenten geistiger Anspannung gewohnt war.

"Die Generatoren des Gravitationsschirms, Sir", sagte er. "Nummer eins ist vor etwa anderthalb Stunden kaputt gegangen. Seitdem haben wir ununterbrochen daran gearbeitet, aber ich muss berichten, dass er nicht mehr zu reparieren ist.

"Nummer zwei wird uns weiter versorgen", antwortete ich. "In der Zwischenzeit werden wir über Funk Unterstützung anfordern."

"Aber das ist das Problem, Sir", fuhr er fort. "Nummer zwei hat aufgehört. Ich wusste, dass es kommen würde, Sir. Ich habe vor drei Jahren einen Bericht über diese Generatoren erstellt. Ich riet damals, sie beide zu verschrotten. Ihr Prinzip ist völlig falsch. Sie sind am Ende." Und mit einem grimmigen Lächeln sagte er: "Dann habe ich wenigstens die Genugtuung, dass mein Bericht richtig war."

"Haben wir genügend Schirmreserven, um an Land zu gehen oder zumindest unsere Ablösung auf halbem Weg zu treffen?", fragte ich.

"Nein, Sir", antwortete er ernst; "wir sinken jetzt."

"Haben Sie noch etwas zu berichten?", fragte ich.

"Nein, Sir", sagte er.

"In Ordnung", erwiderte ich; und als ich ihn entließ, läutete ich nach meinem Funker. Als er erschien, gab ich ihm eine Nachricht an den Sekretär der Navy, an den sich alle Schiffe, die auf der Dreißig Linie und Einhundertfünfundsiebzig im Dienst waren, direkt zu melden hatten. Ich erklärte unsere missliche Lage und erklärte, dass ich mit der verbliebenen Schutztruppe in der Luft weiterfliegen und so schnell wie möglich nach St. Johns vordringen würde, und dass ich, wenn wir gezwungen wären, zu Wasser zu gehen, in dieselbe Richtung weiterfahren würde.

Der Zwischenfall ereignete sich direkt über 30° W und etwa 52° N. Der Oberflächenwind wehte in einem Sturm aus Westen. Der Versuch, einen solchen Sturm an der Meeresoberfläche zu überstehen, schien selbstmörderisch zu sein, denn die Coldwater war nicht für die Navigation an der Oberfläche ausgelegt, außer unter Schönwetterbedingungen. Untergetaucht oder in der Luft war sie bei jeder Art von Wetter unter Kontrolle, aber ohne ihre Schirmgeneratoren war sie fast hilflos, da sie nicht fliegen und, wenn sie untergetaucht war, nicht an die Oberfläche kommen konnte.

Alle diese Mängel sind in späteren Modellen behoben worden; aber das Wissen half uns an diesem Tag an Bord der sich langsam absetzenden Coldwater nicht weiter, denn unter uns tobte eine wütende See, ein Sturm tobte aus dem Westen, und 30° waren nur ein paar Knoten achteraus.

Die Dreißig oder Einhundertfünfundsiebzig zu überqueren, ist, wie Sie wissen, das schlimmste Malheur, das einem Marine-Commander widerfahren kann. Kriegsgericht und Degradierung folgen schnell, es sei denn, der Unglückliche nimmt sich das Leben, bevor ihn diese ungerechte und herzlose Vorschrift dem öffentlichen Spott aussetzen kann, wie es oft der Fall ist.

Es hat in der Vergangenheit keine Entschuldigung, keinen Umstand gegeben, der das Vergehen beschönigen konnte.

"Er hatte das Kommando und ist mit seinem Schiff über die Dreißig gefahren!" Das war ausreichend. Es mochte nicht in irgendeiner Weise seine Schuld sein, denn im Falle der Coldwater hätte man mir unmöglich vorwerfen können, dass die Schwerkraft-Schirmgeneratoren nicht funktionierten; aber ich wusste sehr wohl, dass die Verantwortung auf meine Schultern fallen würde, sollten wir heute zufällig über die Dreißig geblasen werden - was bei dem furchtbaren Westwind, den wir unter uns heulen hörten, leicht der Fall sein konnte.

In gewisser Weise war die Vorschrift eine gute, denn sie hat sicherlich das erreicht, wofür sie gedacht war. Wir kämpften alle unter 30° im Osten und 175° im Westen, und obwohl wir sie ziemlich knapp meiden mussten, hat nichts außer einer Fügung Gottes einen von uns jemals hinübergezogen. Sie alle kennen die Überlieferung der Navy-Offiziere, dass ein guter Offizier die Nähe zu einer der beiden Linien spüren kann, und ich für meinen Teil bin von der Wahrheit dieser Überlieferung ebenso fest überzeugt wie davon, dass der Kompass den Norden ohne Rückgriff auf langwierige Argumentationsprozesse findet.

Der alte Admiral Sanchez pflegte zu behaupten, er könne die Dreißig riechen, und die Männer des ersten Schiffes, auf dem ich mitfuhr, behaupteten, dass Coburn, der nautische Offizier, jede Welle entlang der Dreißig von 60°N. bis 60°S. beim Namen kannte. Wie auch immer, ich würde mich nur ungern dafür verbürgen.

Nun, um auf meine Erzählung zurückzukommen; wir sanken immer weiter in Richtung Oberfläche, während wir gegen den Westwind ankämpften und uns so schnell wie möglich von der Dreißig wegkrallten. Ich befand mich auf der Brücke, und als wir aus dem strahlenden Sonnenlicht in den dichten Dunst der Wolken und weiter durch sie hindurch in die wilden, dunklen Sturmschichten darunter fielen, schien es, als ob meine Stimmung mit dem fallenden Schiff sank und der Auftrieb der Hoffnung im Einklang mit ihm gering wurde.

Die Wellen liefen zu ungeheuren Höhen auf, und die Coldwater war nicht dafür ausgelegt, solchen Wellen frontal zu begegnen. Ihre Elemente waren der blaue Äther, weit über dem tobenden Sturm, oder die größeren Tiefen des Ozeans, die kein Sturm aufrütteln konnte.

Während ich über unsere Chancen spekulierte, wenn wir erst einmal in den furchtbaren Mahlstrom unter uns eingetaucht waren, und gleichzeitig im Geiste die Stunden berechnete, die vergehen mussten, bevor uns Hilfe erreichen konnte, kletterte der Funker die Leiter zur Brücke hinauf und stand, zerzaust und atemlos, vor mir und salutierte. Ich brauchte nur einen Blick auf ihn zu werfen, um mir zu vergewissern, dass etwas nicht in Ordnung war.

"Was nun?", fragte ich.

"Das Funkgerät, Sir!", rief er. "Mein Gott, Sir, ich kann nicht senden."

"Aber die Notfallausrüstung?", fragte ich.

"Ich habe alles versucht, Sir. Ich habe alle Mittel ausgeschöpft. Wir können nicht senden", und er richtete sich auf und salutierte erneut.

Ich entließ ihn mit ein paar freundlichen Worten, denn ich wusste, dass es nicht seine Schuld war, dass der Mechanismus veraltet und wertlos war, wie der Rest der Ausrüstung der Coldwater. Es gab keinen feineren Operator in Pan-Amerika als ihn.

Das Versagen des Funkgeräts erschien mir nicht so bedeutsam wie ihm, was nicht unnatürlich ist, da es nur menschlich ist, zu fühlen, dass, wenn unser eigenes kleines Rädchen ausrutscht, notwendigerweise das gesamte Universum aus dem Takt gebracht wird. Ich wusste, dass, wenn dieser Sturm uns über die Dreißig hinwegfegen oder auf den Grund des Ozeans schicken würde, keine Hilfe uns rechtzeitig erreichen könnte, um das zu verhindern. Ich hatte die Nachricht nur deshalb verschickt, weil die Vorschriften es verlangten, und nicht in der Hoffnung, dass sie uns in unserer gegenwärtigen Notlage helfen könnte.

Ich hatte wenig Zeit, über das Zusammentreffen des gleichzeitigen Ausfalls des Funkgeräts und der Auftriebsgeneratoren nachzudenken, da die Coldwater kurz darauf so tief über das Meer gesunken war, dass sich meine ganze Aufmerksamkeit notwendigerweise auf die heikle Aufgabe konzentrierte, auf den Wellen zu landen, ohne meinem Schiff den Rücken zu brechen. Mit unseren Auftriebskörpern wäre es ein Leichtes gewesen, ins Wasser zu gehen, denn dann wäre es nur eine Kleinigkeit gewesen, um fünfundvierzig Grad in die Basis einer riesigen Welle zu tauchen. Wir hätten in das Wasser eintauchen können wie ein heißes Messer in Butter und wären vollständig untergetaucht gewesen - ich habe das schon tausendmal gemacht -, aber ich habe es nicht gewagt, die Coldwater unterzutauchen, aus Angst, dass sie bis in alle Ewigkeit untergetaucht bleiben würde - eine Bedingung, die alles andere als förderlich für die Langlebigkeit des Commanders oder der Crew ist.

Die meisten meiner Offiziere waren älter als ich. John Alvarez, mein erster Offizier, ist zwanzig Jahre älter als ich. Er stand an meiner Seite auf der Brücke, als das Schiff immer näher an die gewaltigen Wellen heranglitt. Er beobachtete jede meiner Bewegungen, aber er war ein viel zu feiner Offizier und Gentleman, um mich durch einen Kommentar oder eine Andeutung in Verlegenheit zu bringen.

Als ich sah, dass wir bald aufsetzen würden, befahl ich, das Schiff mit der Breitseite zum Wind zu wenden, und dort schwebten wir einen Moment, bis eine riesige Welle hochkam und uns auf ihrem Kamm packte, und dann gab ich den Befehl, der die abschirmende Kraft plötzlich umkehrte und uns in den Ozean entließ. Wir stürzten in die Flutmulde und suhlten uns wie der Kadaver eines toten Wals, und dann begann der Kampf mit Ruder und Propeller, um die Coldwater zurück in die Gewalt des Sturms zu zwingen und sie weiter und weiter zu treiben, immer weiter weg von der unerbittlichen Dreißig.

Ich glaube, dass wir erfolgreich gewesen wären, obwohl das Schiff durch die schrecklichen Stöße, die es erhielt, vom Bug bis zum Heck durchgeschüttelt wurde, und obwohl es den größten Teil der Zeit halb unter Wasser war, wenn uns kein weiterer Unfall passiert wäre.

Wir kamen vorwärts, wenn auch langsam, und es sah so aus, als ob wir es schaffen würden. Alvarez wich nie von meiner Seite, obwohl ich ihm beinahe befohlen hätte, unter Deck zu gehen, um sich auszuruhen, was er dringend nötig hatte. Mein zweiter Offizier, Porfirio Johnson, war auch oft auf der Brücke. Er war ein guter Offizier, aber ein Mann, für den ich fast im ersten Moment, als ich ihn traf, eine ziemlich unvernünftige Abneigung empfand, eine Abneigung, die nicht durch das Wissen gemildert wurde, das ich später erlangte, dass er meine schnelle Beförderung mit Eifersucht betrachtete. Er war zehn Jahre älter als ich, sowohl an Jahren als auch an Dienstjahren, und ich glaube eher, dass er die Tatsache nie vergessen konnte, dass er bereits Offizier war, als ich noch ein Grünschnabel in der Ausbildung war.

Als es immer offensichtlicher wurde, dass die Coldwater unter meiner Seemannschaft den Sturm überstand und ein sicheres Durchkommen versprach, hätte ich schwören können, dass ich einen Hauch von Verärgerung und Enttäuschung in seinem dunklen Gesicht wahrnahm. Schließlich verließ er die Brücke und ging unter Deck. Ich weiß nicht, ob er direkt für das verantwortlich ist, was so kurz darauf folgte; aber ich hatte schon immer einen Verdacht, und Alvarez neigt noch mehr dazu, ihm die Schuld zu geben als ich.

Es war gegen sechs Glockenschläge der Vormittagswache, als Johnson nach einer Abwesenheit von etwa dreißig Minuten auf die Brücke zurückkehrte. Er schien nervös und unruhig zu sein - eine Tatsache, die mir damals wenig Eindruck machte, an die sich aber sowohl Alvarez als auch ich später erinnerten.

Keine drei Minuten nach seinem Wiedererscheinen an meiner Seite begann die Coldwater plötzlich an Fahrt zu verlieren. Ich ergriff das Telefon an meinem Ellbogen und drückte auf den Knopf, der den Chefingenieur zu dem Apparat im Innern des Schiffes rufen sollte, nur um festzustellen, dass er bereits am Hörer saß und versuchte, mich zu erreichen.

"Die Motoren Nummer eins, zwei und fünf sind ausgefallen, Sir", rief er. "Sollen wir die restlichen drei mit Gewalt antreiben?"

"Wir können nichts anderes tun", brüllte ich in den Sender.

"Sie halten die Belastung nicht aus, Sir", gab er zurück.

"Können Sie einen besseren Plan vorschlagen?", fragte ich.

"Nein, Sir", antwortete er.

"Dann müssen wir sie belasten, Leutnant", rief ich zurück und legte den Hörer auf.

Zwanzig Minuten lang rüttelte die Coldwater mit ihren drei Motoren an der großen See. Ich bezweifle, dass sie einen Fuß vorwärtskam, aber es reichte aus, um die Nase im Wind zu halten, und wenigstens trieben wir nicht auf die Dreißig zu.

Johnson und Alvarez waren an meiner Seite, als sich der Bug ohne Vorwarnung ruckartig drehte und das Schiff in den Wellentrog stürzte.

"Die anderen drei sind weg", sagte ich, und ich sah zufällig Johnson an, als ich sprach. War es der Schatten eines zufriedenen Lächelns, der über seine dünnen Lippen kam? Ich weiß es nicht; aber zumindest weinte er nicht.

"Sie waren schon immer neugierig, Sir, auf das große Unbekannte jenseits der Dreißig", sagte er. "Sie sind auf dem besten Wege, Ihre Neugierde zu befriedigen." Und dann konnte ich das leichte Grinsen nicht übersehen, das seine Oberlippe krümmte. Es muss eine Spur von Respektlosigkeit in seinem Ton oder seiner Art gewesen sein, die mir entging, denn Alvarez wandte sich blitzschnell an ihn.

"Wenn Leutnant Turck die Dreißig überquert", sagte er, "werden wir alle mit ihm hinübergehen, und Gott helfe dem Offizier oder dem Mann, der ihm Vorwürfe macht!"

"Ich werde mich nicht an einem Hochverrat beteiligen", schnaubte Johnson. "Die Vorschriften sind eindeutig, und wenn die Coldwater die Dreißig überquert, obliegt es Ihnen, Leutnant Turck unter Arrest zu stellen und sofort alle Anstrengungen zu unternehmen, um das Schiff zurück in Pan-Amerikanische Gewässer zu bringen."

"Ich werde es nicht wissen", erwiderte Alvarez, "ob die Coldwater die Dreißig überschreitet, und auch kein anderer Mann an Bord wird es wissen", und mit diesen Worten zog er einen Revolver aus seiner Tasche, und bevor ich oder Johnson es verhindern konnten, hatte er jedes Instrument auf der Brücke mit einer Kugel durchlöchert und irreparabel beschädigt.

Dann salutierte er vor mir und schritt von der Brücke, ein Märtyrer der Loyalität und Freundschaft, denn wenn auch niemand wissen mochte, dass Leutnant Jefferson Turck sein Schiff über die Dreißig gebracht hatte, so würde doch jeder Mann an Bord wissen, dass der Erste Offizier ein Verbrechen begangen hatte, das sowohl mit Degradierung als auch mit dem Tod bestraft werden konnte. Johnson drehte sich um und beäugte mich scharf.

"Soll ich ihn unter Arrest stellen?", fragte er.

"Das werden Sie nicht", antwortete ich. "Und auch sonst niemand."

"Sie machen sich mitschuldig an seinem Verbrechen!", rief er wütend.

"Sie können unter Deck gehen, Mr. Johnson", sagte ich, "und sich darum kümmern, die zusätzlichen Instrumente auszupacken und sie auf der Brücke richtig zu setzen."

Er salutierte und verließ mich, und eine Zeit lang stand ich da und starrte auf das wütende Wasser hinaus, mein Geist erfüllt von unglücklichen Gedanken über das ungerechte Schicksal, das mich ereilt hatte, und den Kummer und die Schande, die ich unwissentlich über mein Haus gebracht hatte.

Ich freute mich, dass ich weder Frau noch Kind zurücklassen würde, um die Last meiner Schande ein Leben lang zu tragen.

Während ich über mein Unglück nachdachte, betrachtete ich deutlicher als je zuvor die Ungerechtigkeit der Verordnung, die mir zum Verhängnis werden sollte, und in der natürlichen Revolte gegen ihre Ungerechtigkeit stieg mein Zorn auf, und es stieg in mir ein Gefühl auf, das, wie ich mir einbilde, jenem Geist entsprochen haben muss, der einst unter den Alten vorherrschte und Anarchie genannt wurde.

Zum ersten Mal in meinem Leben stellte ich fest, dass sich meine Gefühle gegen Gewohnheit, Tradition und sogar gegen die Regierung auflehnten. Die Welle der Rebellion überrollte mich in einem Augenblick, beginnend mit einem ketzerischen Zweifel an der Unantastbarkeit der etablierten Ordnung der Dinge - jenem Fetisch, der die Pan-Amerikaner seit zwei Jahrhunderten beherrscht und der auf einem blinden Glauben an die Unfehlbarkeit der Voraussicht der längst verstorbenen Schöpfer der Artikel der Pan-Amerikanischen Föderation beruht - und endend in einer unerbittlichen Entschlossenheit, meine Ehre und mein Leben bis in den letzten Graben gegen die blinde und sinnlose Regulierung zu verteidigen, die die Gleichsetzung von Unglück und Verrat angenommen hat.

Ich würde die zerstörten Instrumente auf der Brücke ersetzen; jeder Offizier und Mann sollte es wissen, wenn wir die Dreißig überquerten. Aber dann würde ich den Geist, der mich beherrschte, durchsetzen, ich würde mich der Verhaftung widersetzen und darauf bestehen, mein Schiff über die tote Linie zurückzubringen, und auf meinem Posten bleiben, bis wir New York erreicht hätten. Dann würde ich einen vollständigen Bericht abgeben und damit die öffentliche Meinung auffordern, die toten Linien für immer von den Meeren zu tilgen.

Ich wusste, dass ich im Recht war. Ich wusste, dass kein loyalerer Offizier die Uniform der Navy trug. Ich wusste, dass ich ein guter Offizier und Seemann war, und ich gedachte nicht, mich der Degradierung und Entlassung zu unterwerfen, weil ein Haufen alter, voreiszeitlicher Fossilien vor über zweihundert Jahren erklärt hatte, dass kein Mensch die Dreißig überschreiten sollte.

Selbst während mir diese Gedanken durch den Kopf gingen, war ich mit den Details meiner Pflichten beschäftigt. Ich hatte dafür gesorgt, dass ein Seeanker gesetzt wurde, und gerade jetzt hatten die Männer ihre Aufgabe erfüllt, und die Coldwater drehte sich schnell, ihre Nase zeigte wieder in den Wind, und das furchtbare Rollen, das durch das Suhlen in der Mulde entstanden war, nahm glücklicherweise ab.

In diesem Moment kam Johnson auf die Brücke geeilt. Eines seiner Augen war geschwollen und verdunkelte sich bereits, und seine Lippe war aufgeschnitten und blutete. Ohne auch nur förmlich zu salutieren, stürzte er sich auf mich, weiß vor Wut.

"Leutnant Alvarez hat mich angegriffen!", schrie er. "Ich verlange, dass er verhaftet wird. Ich habe ihn dabei ertappt, wie er die Reserveinstrumente zerstörte, und als ich eingreifen wollte, um sie zu schützen, fiel er über mich her und schlug mich. Ich verlange, dass Sie ihn verhaften!"

"Sie vergessen sich, Mr. Johnson", sagte ich. "Sie haben nicht das Kommando über das Schiff. Ich bedaure die Tat von Leutnant Alvarez, aber ich kann die Loyalität und die aufopfernde Freundschaft, die ihn zu seinen Taten veranlasst hat, nicht aus meinem Gedächtnis streichen. Wäre ich Sie, Sir, würde ich von dem Beispiel profitieren, das er gesetzt hat. Außerdem, Mr. Johnson, beabsichtige ich, das Kommando über das Schiff zu behalten, auch wenn es die Dreißig überschreitet, und ich werde von jedem Offizier und Mann an Bord bedingungslosen Gehorsam verlangen, bis ich im Hafen von New York von einem vorgesetzten Offizier ordnungsgemäß vom Dienst entbunden werde."

"Sie wollen also sagen, dass Sie die Dreißig überschreiten werden, ohne sich dem Arrest zu unterwerfen?", rief er fast.

"Das tue ich, Sir", antwortete ich. "Und jetzt können Sie unter Deck gehen, und wenn Sie es wieder für nötig halten, mich anzusprechen, werden Sie bitte so gut sein und daran denken, dass ich Ihr Commander bin und als solcher Anspruch auf einen Salut habe."

Er errötete, zögerte einen Moment, dann salutierte er, machte auf dem Absatz kehrt und verließ die Brücke. Kurze Zeit später erschien Alvarez. Er war blass und schien in den wenigen Minuten, seit ich ihn zuletzt gesehen hatte, um zehn Jahre gealtert zu sein. Er salutierte, erzählte mir ganz einfach, was er getan hatte, und bat mich, ihn zu verhaften.

Ich legte ihm die Hand auf die Schulter, und ich glaube, meine Stimme zitterte ein wenig, als ich ihn für seine Tat tadelte und ihm klar machte, dass meine Dankbarkeit nicht weniger stark war als seine Loyalität mir gegenüber. Dann erläuterte ich ihm meine Absicht, mich über die Verordnung hinwegzusetzen, die die Deadlines angehoben hatte, und mein Schiff selbst nach New York zurückzubringen.

Ich bat ihn nicht, die Verantwortung mit mir zu teilen. Ich erklärte lediglich, dass ich mich weigern würde, mich einem Arrest zu unterwerfen, und dass ich von ihm und jedem anderen Offizier und Mann bedingungslosen Gehorsam gegenüber jedem meiner Befehle verlangen würde, bis wir zu Hause angedockt hätten.

Sein Gesicht hellte sich bei meinen Worten auf, und er versicherte mir, dass ich ihn auf der falschen Seite der Dreißig genauso bereitfinden würde, mein Kommando anzuerkennen wie auf der korrekten Seite, eine Zusicherung, bei der ich mich beeilte, ihm zu sagen, dass ich sie nicht brauche.

Der Sturm wütete drei Tage lang weiter, und da der Wind während dieser ganzen Zeit kaum einen Punkt veränderte, wusste ich, dass wir weit über die Dreißig sein mussten und schnell von Osten nach Süden trieben. Während dieser ganzen Zeit war es unmöglich gewesen, an den beschädigten Maschinen oder den Schwerkraftgeneratoren zu arbeiten; aber wir hatten ein komplettes Set von Instrumenten auf der Brücke, denn Alvarez hatte, nachdem er meine Absichten entdeckt hatte, die Reserveinstrumente aus seiner Kabine geholt, wo er sie versteckt hatte. Diejenigen, die Johnson gesehen hatte, wie er sie zerstörte, waren ein drittes Set gewesen, von dem nur Alvarez wusste, dass es an Bord der Coldwater war.

Wir warteten ungeduldig auf die Sonne, damit wir unseren genauen Standort bestimmen konnten, und am vierten Tag wurde unsere Wachsamkeit wenige Minuten vor Mittag belohnt.

Jeder Offizier und Mann an Bord war vor nervöser Aufregung angespannt, während wir das Ergebnis der Ablesung erwarteten. Die Besatzung hatte fast so schnell wie ich gewusst, dass wir dazu verdammt waren, die Dreißig zu überqueren, und ich bin geneigt zu glauben, dass jeder Einzelne von ihnen vor Freude aus dem Häuschen war, denn der Geist des Abenteuers und der Romantik lebt immer noch in den Herzen der Menschen des dreiundzwanzigsten Jahrhunderts, auch wenn es für sie zwischen der Dreißig und Einhundertfünfundsiebzig wenig zu erleben gibt.

Die Männer trugen keine Bürde der Verantwortung. Sie konnten die Dreißig ungestraft überschreiten, und zweifellos würden sie zurückkehren, um zu Hause Helden zu sein; aber wie anders die Heimkehr ihres befehlshabenden Offiziers!

Der Sturm war auf einen gleichmäßigen Wind abgeflaut, immer noch aus West bis Nord, und die See hatte sich entsprechend abgeschwächt. Die Besatzung, mit Ausnahme derer, die unter Deck arbeiten mussten, befand sich an Deck unterhalb der Brücke. Als unsere Position endgültig feststand, gab ich sie den eifrig wartenden Männern persönlich bekannt.

"Männer", sagte ich, trat an das Geländer heran und blickte in die nach oben gekehrten, gebräunten Gesichter, "ihr wartet gespannt auf Informationen über die Position des Schiffes. Sie wurde bei fünfzig Grad sieben Minuten nördlicher Breite und zwanzig Grad sechzehn Minuten westlicher Länge bestimmt."

Ich hielt inne, und ein Gemurmel von angeregten Kommentaren ging durch die versammelten Männer unter mir. "Über die Dreißig. Aber es wird keinen Wechsel bei den kommandierenden Offizieren geben, weder in der Routine noch in der Disziplin, bis wir wieder in New York angedockt haben."

Als ich aufhörte zu sprechen und von der Reling zurücktrat, ertönte ein Beifallssturm vom Deck, wie ich ihn noch nie an Bord eines Friedensschiffes gehört hatte. Es erinnerte mich an Geschichten, die ich über die gute alte Zeit gelesen hatte, als Marineschiffe noch zum Kämpfen gebaut wurden, als Friedensschiffe noch Kriegsschiffe waren und die Kanonen nicht nur für vergebliche Schießübungen blitzten und die Decks rot vom Blut waren.

Mit dem Absinken der See waren wir in der Lage, die beschädigten Motoren zu reparieren, und ich setzte auch Männer ein, die die Schwerkraft-Schirmgeneratoren untersuchten, um sie wieder in Betrieb zu nehmen, wenn es sich nicht als unmöglich erweisen sollte.

Zwei Wochen lang arbeiteten wir an den Motoren, die unbestreitbar zeigten, dass an ihnen herumgepfuscht worden war. Ich setzte einen Ausschuss ein, der die Katastrophe untersuchen und darüber berichten sollte. Aber es brachte nichts anderes zustande, als mich davon zu überzeugen, dass es mehrere Offiziere gab, die mit Johnson voll und ganz sympathisierten, denn obwohl keine Anklage gegen ihn erhoben worden war, setzte der Ausschuss alles daran, ihn in seinen Feststellungen zu entlasten.

Während dieser ganzen Zeit drifteten wir fast genau nach Osten. Die Arbeiten an den Motoren waren so weit fortgeschritten, dass wir in wenigen Stunden damit rechnen konnten, aus eigener Kraft nach Westen in Richtung Pan-Amerikanischer Gewässer fahren zu können.

Um mir die Monotonie zu vertreiben, hatte ich mich dem Angeln zugewandt und war am frühen Morgen mit einem der Boote von der Coldwater zu einem solchen Ausflug aufgebrochen. Es wehte ein leichter Westwind. Das Meer schimmerte im Sonnenlicht. Ein wolkenloser Himmel bedeckte den Westen für unseren Sport, denn ich hatte es mir zur Aufgabe gemacht, niemals freiwillig einen Zoll nach Osten zu fahren, den ich vermeiden konnte. Zumindest sollte man mir keinen vorsätzlichen Verstoß gegen die Deadline-Regelung vorwerfen können.

Ich hatte nur die normale Besatzung des Bootes bei mir - insgesamt drei Mann, mehr als genug, um jedes kleine Motorboot zu bedienen. Ich hatte keinen meiner Offiziere gebeten, mich zu begleiten, da ich allein sein wollte, und ich bin jetzt sehr froh, dass ich das nicht getan habe. Ich bedaure nur, dass es in Anbetracht dessen, was uns widerfuhr, notwendig gewesen wäre, die drei tapferen Burschen, die das Boot bemannten, mitzunehmen.

Unsere Fischerei, die sich als ausgezeichnet erwies, trug uns so weit nach Westen, dass wir die Coldwater nicht mehr sehen konnten. Der Tag zog sich hin, bis ich schließlich gegen Nachmittag den Befehl gab, zum Schiff zurückzukehren.

Wir waren erst eine kurze Strecke nach Osten vorgedrungen, als einer der Männer einen aufgeregten Ausruf machte und gleichzeitig nach Osten deutete. Wir blickten alle in die Richtung, die er angegeben hatte, und dort, ein kurzes Stück über dem Horizont, sahen wir die Umrisse der Coldwater, die sich gegen den Himmel abzeichneten.

"Sie haben sowohl die Motoren als auch die Generatoren repariert", rief einer der Männer aus.

Es schien unmöglich, und doch war es offensichtlich getan worden. Erst an diesem Morgen hatte mir Leutnant Johnson gesagt, dass er befürchtete, die Generatoren nicht reparieren zu können. Ich hatte ihn mit dieser Arbeit betraut, da er schon immer als einer der besten Schwerkraftforscher der Navy galt. Er hatte mehrere der Verbesserungen erfunden, die in den späteren Modellen dieser Generatoren eingebaut sind, und ich bin überzeugt, dass er sowohl in der Theorie als auch in der Praxis der Gravitationsabschirmung mehr weiß als jeder lebende Pan-Amerikaner.

Beim Anblick der Coldwater, der wieder unter Kontrolle war, brachen die drei Männer in freudigen Jubel aus. Aber aus irgendeinem Grund, den ich mir nicht erklären konnte, überkam mich eine seltsame Vorahnung von persönlichem Unglück. Es war nicht so, dass ich jetzt eine frühe Rückkehr nach Pan-Amerika und einen Untersuchungsausschuss erwartete, denn ich hatte mich eher auf den Kampf gefreut, der auf meine Rückkehr folgen musste. Nein, da war noch etwas anderes, etwas Undefinierbares und Vages, das eine seltsame Düsternis über mich brachte, als ich sah, wie sich mein Schiff weiter über das Wasser erhob und direkt in unsere Richtung fuhr.

Es dauerte nicht lange, bis ich eine mögliche Erklärung für meine Niedergeschlagenheit fand, denn obwohl wir von der Brücke des Aero-

U-Boots und von den Hunderten von Männern, die sich auf dem Deck tummelten, deutlich sichtbar waren, fuhr das Schiff direkt über uns vorbei, keine fünfhundert Fuß vom Wasser entfernt, und bewegte sich direkt nach Westen.

Wir schrien alle, und ich feuerte meine Pistole ab, um ihre Aufmerksamkeit zu erregen, obwohl ich genau wusste, dass alle, die sich dafür interessierten, uns beobachtet hatten, aber das Schiff entfernte sich immer weiter und wurde für uns immer kleiner, bis es schließlich völlig außer Sichtweite geriet.

KAPITEL II.

Was könnte das bedeuten? Ich hatte Alvarez das Kommando überlassen. Er war mein loyalster Untergebener. Es war absolut unmöglich, dass Alvarez mich verlassen würde. Nein, es gab eine andere Erklärung. Irgendetwas führte dazu, dass mein zweiter Offizier, Porfirio Johnson, das Kommando übernommen hatte. Ich war mir sicher, aber warum spekulieren? Die Sinnlosigkeit von Mutmaßungen war nur zu offensichtlich. Die Coldwater hatte uns mitten auf dem Ozean verlassen. Keiner von uns würde überleben und den Grund erfahren.

Der junge Mann am Steuer des Motorbootes hatte die Nase herumgedreht, als klar wurde, dass das Schiff uns überholen wollte, und jetzt hielt er sie immer noch in der vergeblichen Verfolgung der Coldwater.

"Wenden Sie, Snider", wies ich an, "und halten Sie sie genau nach Osten. Wir können die Coldwater nicht einholen, und wir können den Atlantik damit nicht überqueren. Unsere einzige Hoffnung liegt darin, das nächstgelegene Land zu erreichen, und das sind, wenn ich mich nicht irre, die Scilly-Inseln vor der Südwestküste von England. Schon mal was von England gehört, Snider?"

"Es gibt einen Teil der Vereinigten Staaten von Nordamerika, der den Alten als Neuengland bekannt war", antwortete er. "Ist es das, was Sie meinen, Sir?"

"Nein, Snider", antwortete ich. "Das England, das ich meine, war eine Insel vor dem europäischen Kontinent. Es war der Sitz eines sehr mächtigen Königreichs, das vor über zweihundert Jahren blühte. Ein Teil der Vereinigten Staaten von Nordamerika und die gesamten Föderierten Staaten von Kanada gehörten einst zu diesem alten England."

"Europa", hauchte einer der Männer, seine Stimme war vor Aufregung angespannt. "Mein Großvater hat mir immer Geschichten von der

Welt jenseits der Dreißig erzählt. Er war ein großer Student gewesen und hatte viel aus verbotenen Büchern gelesen."

"Darin ähnle ich Ihrem Großvater", sagte ich, "denn auch ich habe mehr gelesen, als Navy-Offiziere lesen sollen, und, wie Sie als Männer wissen, ist uns ein größerer Spielraum beim Studium der Geographie und Geschichte gestattet als den Menschen anderer Berufe.

"Unter den Büchern und Papieren von Admiral Porter Turck, der vor zweihundert Jahren lebte und von dem ich abstamme, sind noch viele Bände vorhanden und in meinem Besitz, die sich mit der Geschichte und Geographie des alten Europas befassen. Gewöhnlich nehme ich mehrere dieser Bücher mit auf eine Kreuzfahrt, und dieses Mal habe ich unter anderem Karten von Europa und seinen umliegenden Gewässern. Ich habe sie studiert, als wir heute Morgen von der Coldwater weggefahren sind, und zum Glück habe ich sie dabei."

"Sie werden versuchen, Europa zu erreichen, Sir?", fragte Taylor, der junge Mann, der zuletzt gesprochen hatte.

"Es ist das nächstgelegene Land", antwortete ich. "Ich wollte schon immer die vergessenen Länder der östlichen Hemisphäre erkunden. Hier ist unsere Chance. Auf dem Meer zu bleiben, bedeutet, unterzugehen. Keiner von uns wird sein Zuhause je wiedersehen. Machen wir das Beste daraus und genießen wir, solange wir leben, das, was unserer Spezies verboten ist - das Abenteuer und das Geheimnis, das jenseits der Dreißig liegt."

Taylor und Delcarte griffen meine Stimmung auf, aber Snider war, glaube ich, ein wenig skeptisch.

"Es ist Hochverrat, Sir", antwortete ich, "aber es gibt kein Gesetz, das uns zwingt, uns selbst zu bestrafen. Würden wir nach Pan-Amerika zurückkehren, wäre ich der Erste, der darauf bestehen würde, dass wir uns der Verantwortung stellen. Aber wir wissen, dass das nicht möglich ist. Selbst wenn dieses Schiff uns so weit tragen würde, haben wir nicht genug Wasser und Essen für mehr als drei Tage.

"Wir sind dazu verdammt, Snider, weit weg von zu Hause zu sterben, ohne jemals wieder das Gesicht eines anderen Landsmannes zu sehen als die, die jetzt hier in diesem Boot sitzen. Ist das nicht selbst für den strengsten Richter eine ausreichende Strafe?"

Sogar Snider musste zugeben, dass sie es war.

"Nun gut, dann lasst uns leben, solange wir leben, und jeden neuen Tag in vollen Zügen genießen, was auch immer er an Abenteuern oder

Vergnügen bringt, denn jeder Tag könnte unser letzter sein, und wir werden für eine beträchtliche Zeit tot sein."

Ich konnte sehen, dass Snider immer noch ängstlich war, aber Taylor und Delcarte antworteten mit einem herzhaften "Aye, aye, Sir!"

Sie waren von unterschiedlichem Temperament. Beide waren Söhne von Navy-Offizieren. Sie repräsentierten die Aristokratie der Geburt, und sie wagten es, für sich selbst zu denken.

Snider war in der Minderheit, und so fuhren wir weiter in Richtung Osten. Jenseits der Dreißig und getrennt von meinem Schiff, hörte meine Autorität auf. Ich hatte die Führung, wenn überhaupt, nur aufgrund meiner persönlichen Qualifikationen inne, aber ich zweifelte nicht an meiner Fähigkeit, die Leitung unserer Geschicke zu behalten, soweit sie dem menschlichen Wirken zugänglich waren. Ich habe immer geführt. Solange mein Verstand und meine Muskeln nicht beeinträchtigt sind, werde ich auch weiterhin immer führen. Folgen ist eine Kunst, die Turcks nicht leicht erlernen.

Erst am dritten Tag erblickten wir Land, direkt vor uns, das ich auf meiner Karte für die Scilly-Inseln hielt. Aber es wehte ein solcher Sturm, dass ich keinen Versuch wagte, an Land zu gehen, und so fuhren wir nördlich an ihnen vorbei, umgingen Land's End und fuhren in den Ärmelkanal ein.

Ich glaube, dass ich bis zu diesem Moment noch nie einen solchen Nervenkitzel erlebt hatte, wie er mich durchfuhr, als mir klar wurde, dass ich diese historischen Gewässer durchfuhr. Der Lebenstraum, von dem ich nie zu hoffen gewagt hatte, dass er in Erfüllung geht, war endlich Wirklichkeit geworden - aber unter welch unglücklichen Umständen! den!

Niemals konnte ich in mein Heimatland zurückkehren. Bis ans Ende meiner Tage muss ich im Exil bleiben. Doch selbst diese Gedanken konnten meinen Eifer nicht dämpfen.

Meine Augen suchten das Wasser ab. Im Norden konnte ich die felsige Küste von Cornwall sehen. Ich war der erste Amerikaner, der sie seit mehr als 200 Jahren erblickte. Vergeblich suchte ich nach irgendeinem Zeichen des alten Handels, der, wenn man der Geschichte Glauben schenken darf, den Busen des Kanals mit weißen Segeln übersät und den Himmel mit dem Rauch zahlloser Schornsteine geschwärzt haben muss, aber so weit das Auge reichte, waren die aufgewühlten Gewässer des Kanals leer und verlassen.

Gegen Mitternacht ließen Wind und See nach, so dass ich kurz nach Sonnenaufgang beschloss, an Land zu gehen, um eine Anlandung zu versuchen, denn wir brauchten dringend frisches Wasser und Lebensmittel.

Nach meinen Beobachtungen befanden wir uns gerade vor Ram Heads, und es war meine Absicht, in die Plymouth Bay einzulaufen und Plymouth zu erreichen. Aus meiner Karte ging hervor, dass diese Stadt ein kurzes Stück von der Küste entfernt lag, und es gab eine weitere Stadt, die als Devonport angegeben war und an der Mündung des Flusses Tamar zu liegen schien.

Ich wusste jedoch, dass es kaum einen Unterschied machen würde, in welche Stadt wir einliefen, da die Engländer seit jeher für ihre Gastfreundschaft gegenüber besuchenden Seefahrern bekannt waren. Als wir uns der Mündung der Bucht näherten, hielt ich Ausschau nach den Fischerbooten, von denen ich erwartete, dass sie so früh am Tag zu ihrer Arbeit aufbrechen würden. Aber selbst nachdem wir Ram Heads umrundet hatten und in den Gewässern der Bucht waren, sah ich kein Schiff. Es gab weder eine Boje noch ein Leuchtfeuer oder eine andere Markierung, die größeren Schiffen den Kanal gezeigt hätte, und ich wunderte mich sehr darüber.

Die Küste war dicht bewachsen, und vom Wasser aus war kein Gebäude oder Zeichen eines Menschen zu sehen. Die Bucht hinauf und in den Fluss Tamar hinein fuhren wir durch eine Einsamkeit, die so ungebrochen war wie die, die auf den Gewässern des Kanals ruhte. Soweit wir sehen konnten, gab es keinen Hinweis darauf, dass ein Mensch jemals seinen Fuß auf diese stille Küste gesetzt hatte.

Ich war sprachlos, und dann überkam mich zum ersten Mal eine Ahnung von der Wahrheit.

Hier gab es keine Anzeichen von Krieg. Was diesen Teil der Küste von Devon betraf, so schien dieser seit vielen Jahren vorbei zu sein, aber es gab auch keine Menschen. Dennoch konnte ich es nicht verinnerlichen, zu glauben, dass ich in England keine Einwohner finden sollte. Daraus schloss ich, dass es unwahrscheinlich war, dass noch ein Kriegszustand herrschte, und dass die Menschen alle aus diesem Teil Englands in einen anderen gezogen waren, wo sie sich besser gegen einen Eindringling verteidigen konnten.

Aber was war mit ihrer alten Küstenverteidigung? Was gab es hier in der Bucht von Plymouth, um einen Feind daran zu hindern, mit einer Streitmacht zu landen und dorthin zu marschieren, wo er wollte? Nichts.

Ich konnte nicht glauben, dass eine aufgeklärte Militärnation, wie die alten Engländer angeblich waren, eine exponierte Küste und einen ausgezeichneten Hafen freiwillig der Gnade eines Feindes überlassen hätte.

Ich fand mich mehr und mehr in ein Dilemma verwickelt. Das Rätsel, mit dem ich konfrontiert war, konnte ich nicht enträtseln. Wir waren gelandet, und ich stand nun an der Stelle, wo nach meiner Karte eine große Stadt ihre Türme und Schornsteine erheben sollte. Da war nichts als rauer, zerklüfteter Boden, dicht mit Unkraut und Brombeeren bewachsen, und hohes, dürres Gras.

Hätte dort jemals eine Stadt gestanden, so war davon nichts mehr zu sehen. Die Rauhcit und Unebenheit des Bodens ließ auf eine große Trümmermasse schließen, die durch die Anhäufung von jahrhundertealtem Gestrüpp verborgen war.

Ich zog das kurze Entermesser, mit dem, wie Sie wissen, sowohl Offiziere als auch Männer der Navy aus Höflichkeit gegenüber den Überlieferungen und Erinnerungen an die Vergangenheit bewaffnet sind, und grub mich mit der Spitze in den Lehm um die Wurzeln der zu meinen Füßen wachsenden Vegetation.

Die Klinge drang etwa sieben Zoll tief in den Boden ein, als sie auf etwas Steinartiges stieß. Ich grub um das Hindernis herum und löste es, und als ich es aus seinem Grab herausgezogen hatte, fand ich, dass es ein alter Ziegelstein aus Ton war, der in einem Ofen gebrannt worden war.

Delcarte hatten wir die Aufsicht über das Boot überlassen; aber Snider und Taylor waren bei mir und folgten meinem Beispiel, indem sie sich beide mit dem faszinierenden Sport des Schürfens nach Antiquitäten beschäftigten. Jeder von uns entdeckte eine große Anzahl dieser Ziegelsteine, bis wir der Monotonie überdrüssig wurden, als Snider plötzlich einen Ausruf der Erregung ausstieß, und als ich mich umdrehte, um nachzusehen, hielt er mir einen menschlichen Schädel zur Inspektion hin.

Ich nahm ihn ihm ab und untersuchte ihn. Direkt in der Mitte der Stirn war ein kleines rundes Loch. Der Herr war offensichtlich bei der Verteidigung seines Landes gegen einen Eindringling zu Tode gekommen.

Snider hielt wieder eine andere Trophäe der Durchsuchung in die Höhe - einen Metallspieß und einige angeschlagene und korrodierte Metallornamente. Sie hatten dicht neben dem Schädel gelegen.

Mit der Spitze seines Entermessers kratzte Snider den Schmutz und Grünspan von der Oberfläche des größeren Ornaments.

"Eine Inschrift", sagte er und reichte mir das Ding.

Es handelte sich um die Ornamente eines alten deutschen Helms. Bald hatten wir viele andere Hinweise darauf entdeckt, dass auf dem Boden, auf dem wir standen, eine große Schlacht geschlagen worden war. Aber ich war damals und bin immer noch ratlos, wie die Anwesenheit deutscher Soldaten an der englischen Küste so weit von London entfernt zu erklären ist, was laut Geschichte das natürliche Ziel eines Angreifers gewesen wäre.

Ich kann es nur erklären, indem ich annehme, dass entweder England vorübergehend von den Germanen erobert wurde, oder dass eine Invasion von so großem Ausmaß unternommen wurde, dass deutsche Truppen in großer Zahl an die englische Küste gebracht wurden und dass die Landung notwendigerweise an vielen Orten gleichzeitig stattfand. Spätere Entdeckungen tendieren dazu, diese Ansicht zu stärken.

Wir gruben eine kurze Zeit mit unseren Entermessern herum, bis ich davon überzeugt war, dass an dieser Stelle irgendwann in der Vergangenheit eine Stadt gestanden hatte und dass unter unseren Füßen, zerbröckelt und tot, das alte Devonport lag.

Ich konnte einen Seufzer nicht unterdrücken bei dem Gedanken an die Verwüstung, die der Krieg zumindest in diesem Teil Englands angerichtet hatte. Weiter östlich, näher bei London, sollte alles ganz anders sein. Dort gäbe es die Zivilisation, die zwei Jahrhunderte auf unsere englischen Vettern gewirkt haben muss, so wie sie auf uns gewirkt hat. Dort gäbe es mächtige Städte, kultivierte Felder, glückliche Menschen. Dort würde man uns als lang vermisste Brüder willkommen heißen. Dort würden wir eine große Nation vorfinden, die bestrebt war, die Welt jenseits der Dreißig kennenzulernen, so wie ich bestrebt gewesen war, das kennenzulernen, was jenseits unserer Seite der Todeslinie lag.

Ich wandte mich wieder dem Boot zu.

"Kommt, Männer!", sagte ich. "Wir werden flussaufwärts fahren und unsere Fässer mit frischem Wasser füllen, nach Nahrung und Brennstoff suchen und dann morgen in Bereitschaft sein, um nach Osten vorzudringen. Es geht nach London."

KAPITEL III.

Der Knall eines Gewehrs durchbrach die Stille des toten Devonport mit erschreckender Plötzlichkeit.

Es kam aus der Richtung der Barkasse, und in einem Augenblick rannten wir drei zum Boot, so schnell uns unsere Beine trugen. Als wir in Sichtweite kamen, sahen wir Delcarte etwa hundert Meter landeinwärts von der Barkasse, über etwas gelehnt, das auf dem Boden lag. Als wir ihn riefen, winkte er mit seiner Mütze und hob in gebückter Haltung ein kleines Reh hoch, um es uns zu zeigen.

Ich wollte ihm gerade zu seiner Trophäe gratulieren, als wir durch einen schrecklichen, halb menschlichen, halb tierischen Schrei ein wenig Voraus und rechts von uns aufgeschreckt wurden. Er schien aus einem Büschel ranker und verworrener Büsche zu kommen, nicht weit von der Stelle, wo Delcarte stand. Es war ein schreckliches, furchterregendes Geräusch, wie ich es noch nie gehört hatte.

Wir blickten in die Richtung, aus der es kam. Das Lächeln war von Delcartes Lippen verschwunden. Selbst in der Entfernung, in der wir uns von ihm befanden, sah ich, wie sein Gesicht plötzlich bleich wurde, und er warf schnell sein Gewehr über die Schulter. Im selben Moment bewegte sich das Ding, das den Schrei ausgestoßen hatte, aus dem Buschwerk, weit genug, dass auch wir es sehen konnten.

Sowohl Taylor als auch Snider stießen einen kleinen Schrei des Erstaunens und des Entsetzens aus.

"Was ist es, Sir?", fragte Letzterer.

Die Kreatur war etwa so hoch wie die Taille eines großen Mannes, lang, hager und kurvenreich, mit gelbbraunem, schwarz gestreiftem Fell und weißer Kehle und Bauch. Von der Gestalt her ähnelte es einer Katze - einer riesigen Katze, einer übertrieben kolossalen Katze, mit teuflischen Augen und dem teuflischsten Gesichtsausdruck, während es seine struppige Schnauze fletschte und seine großen gelben Reißzähne entblößte.

Die Katze schritt, oder besser gesagt, schlich, direkt auf Delcarte zu, der jetzt sein Gewehr auf sie gerichtet hatte.

"Was ist das, Sir?", murmelte Snider wieder, und dann kam mir ein halb vergessenes Bild aus einer alten Naturgeschichte in den Sinn, und ich erkannte in dem furchtbaren Tier die Felis tigris des alten Asiens, von der in früheren Jahrhunderten Exemplare in der westlichen Hemisphäre ausgestellt worden waren.

Snider und Taylor waren mit Gewehren und Revolvern bewaffnet, während ich nur einen Revolver trug. Ich nahm Snider das Gewehr aus seinen zitternden Händen, rief Taylor zu, mir zu folgen, und gemeinsam rannten wir schreiend vorwärts, um die Aufmerksamkeit des Tieres von Delcarte abzulenken, bis wir alle nahe genug waren, um mit der größten Sicherheit eines Erfolges anzugreifen.

Ich rief Delcarte zu, nicht zu schießen, bis wir seine Seite erreicht hätten, denn ich fürchtete, dass unsere kleinkalibrigen, stahlummantelten Kugeln das Tier nicht töten, sondern nur noch mehr in Wut versetzen könnten. Aber er missverstand mich und dachte, ich hätte ihm befohlen zu schießen.

Mit dem Knall seines Gewehrs hielt der Tiger in scheinbarer Überraschung kurz inne, drehte sich dann um und biss sich einen Augenblick lang wie wild in seine Schulter, dann drehte er sich wieder in Richtung Delcarte, stieß das schrecklichste Gebrüll und Geschrei aus und stürzte sich mit unglaublicher Geschwindigkeit auf den tapferen Burschen, der sich nun zur Wehr setzte und so schnell Kugeln aus seinem automatischen Gewehr abfeuerte, wie die Waffe feuerte.

Taylor und ich eröffneten ebenfalls das Feuer auf die Kreatur, und da sie sich mit der Breitseite zu uns befand, bot sie ein großartiges Ziel, obwohl wir bei allem Eindruck, den wir auf die große Katze zu machen schienen, genauso gut Seifenblasen auf sie hätten werfen können.

Geradewegs wie ein Torpedo stürzte der Tiger auf Delcarte zu, und als Taylor und ich durch das hohe Gras auf unseren unglücklichen Kameraden zustolperten, sahen wir, wie der Tiger sich auf ihn stürzte und ihn zu Boden warf.

Der edle Delcarte war keinen Schritt zurückgewichen. Zweihundert Jahre Frieden hatten das rote Blut seiner mutigen Linie nicht versiegen lassen. Er ging unter dieser Lawine bestialischer Wildheit zu Boden, immer noch mit dem Gewehr in der Hand und mit dem Gesicht zu seinem Widersacher. Selbst in dem Augenblick, als ich ihn für tot hielt, konnte ich nicht anders, als einen Schauer des Stolzes zu empfinden, dass er einer meiner Männer war, einer meiner Klasse, ein Pan-Amerikanischer Gentleman von Geburt. Und dass er eine der Hauptbehauptungen der Armee- und Navy-Anhänger bewiesen hatte - dass nämlich die militärische Ausbildung für die Rettung des persönlichen Mutes der Pan-Amerikanischen Spezies notwendig war, die seit Generationen keinen schwerwiegenderen Gefahren ausgesetzt war als denjenigen, die das gewöhnliche Leben in einer hochzivilisierten Gemeinschaft mit sich bringt, geschützt durch alle Mittel, die einer perfekt organisierten und allmächtigen Regierung zur Verfügung stehen, die das Beste nutzt, was die fortgeschrittene Wissenschaft zu bieten hat.

Als wir auf Delcarte zuliefen, fiel Taylor und mir auf, dass das Tier ihn nicht zu zerfleischen schien, sondern ruhig und regungslos auf seiner Beute lag, und als wir ganz nahe herankamen und die Mündungen unserer Gewehre am Kopf des Tieres anlagen, sah ich die Erklärung für dieses plötzliche Aufhören der Feindseligkeiten - Felis tigris war tot.

Eine unserer Kugeln, oder eine der letzten, die Delcarte abgefeuert hatte, war in das Herz eingedrungen, und das Tier war gestorben, noch während es sich vorwärts ausstreckte und Delcarte zu Boden drückte.

Einen Moment später war der Mann mit unserer Hilfe unter dem Kadaver seines vermeintlichen Mörders hervorgekrochen, ohne einen Kratzer, der andeuten würde, wie nahe er dem Tod gewesen war.

Delcartes Lebensmut war völlig ungetrübt. Er kam mit einem breiten Grinsen auf seinem hübschen Gesicht unter dem Tiger hervor, und ich konnte nicht erkennen, dass auch nur ein Muskel zitterte oder dass seine Stimme das geringste Anzeichen von Nervosität oder Aufregung zeigte.

Mit dem Ende des Abenteuers begannen wir, über die Erklärung für die Anwesenheit dieser wilden Bestie in so großer Entfernung von ihrem angestammten Lebensraum zu spekulieren. Meine Lektüre hatte mich gelehrt, dass es außerhalb Asiens praktisch unbekannt war, und dass es zumindest bis ins einundzwanzigste Jahrhundert hinein keine wilden Tiere außerhalb der Gefangenschaft in England gegeben hatte.

Während wir uns unterhielten, kam Snider zu uns, und ich gab ihm sein Gewehr zurück. Taylor und Delcarte hoben den erlegten Hirsch auf, und wir gingen alle langsam zur Barkasse hinunter. Delcarte wollte das Fell des Tigers holen, aber ich musste ihm die Erlaubnis verweigern, da wir keine Mittel hatten, es richtig zu häuten.

Am Strand häuteten wir den Hirsch und schnitten so viel Fleisch weg, wie wir zu entsorgen gedachten, und als wir uns wieder einschifften, um flussaufwärts nach frischem Wasser und Brennstoff zu suchen, wurden wir durch eine Reihe von Schreien aus dem Gebüsch in geringer Entfernung aufgeschreckt.

"Noch eine Felis tigris", sagte Taylor.

"Oder ein Dutzend von ihnen", ergänzte Delcarte, und noch während er sprach, sprangen nacheinander acht der Tiere in das Blickfeld, ausgewachsene, prächtige Exemplare.

Als sie uns erblickten, kamen sie wie wütende Dämonen auf uns zu. Ich sah, dass drei Gewehre ihnen nicht gewachsen sein würden, und so gab ich den Befehl, vom Ufer wegzufahren, in der Hoffnung, dass der "Tiger", wie ihn die Alten nannten, nicht schwimmen konnte.

Tatsächlich blieben sie alle am Strand stehen, liefen hin und her, stießen teuflische Schreie aus und starrten uns bösartig an.

Als wir weiterfuhren, hörten wir bald darauf die Rufe ähnlicher Tiere weit im Landesinneren. Sie schienen auf die Schreie ihrer Artgenossen am Wasser zu antworten, und aus der weiten Verbreitung und der großen Lautstärke des Geräusches schlossen wir, dass diese Tiere in großer Zahl das angrenzende Land durchstreifen mussten.

"Sie haben die Bewohner aufgefressen", murmelte Snider schaudernd.

"Ich nehme an, Sie haben recht", stimmte ich zu, "denn ihre extreme Kühnheit und Furchtlosigkeit in der Gegenwart von Menschen lässt darauf schließen, dass ihnen der Mensch entweder völlig unbekannt ist oder dass sie mit ihm als ihrer natürlichen und am leichtesten zu beschaffenden Beute äußerst vertraut sind."

"Aber woher kommen sie?", fragte Delcarte. "Könnten sie aus Asien hierher gereist sein?"

Ich schüttelte den Kopf. Die Sache war mir ein Rätsel. Ich wusste, dass es praktisch jenseits aller Vernunft war, sich vorzustellen, dass Tiger die Gebirgsketten und Flüsse und den ganzen großen Kontinent Europa überquert hatten, um so weit von ihren heimatlichen Höhlen entfernt zu sein, und dass es völlig unmöglich war, dass sie überhaupt den Ärmelkanal überquert haben sollten. Doch hier waren sie, und zwar in großer Zahl.

Wir fuhren einige Meilen den Fluss Tamar hinauf, füllten unsere Fässer und gingen dann an Land, um etwas von unserem Hirschsteak zu kochen und die erste anständige Mahlzeit zu uns zu nehmen, seit die Coldwater uns verlassen hatte. Aber kaum hatten wir unser Feuer entfacht und das Fleisch zum Kochen vorbereitet, als Snider, dessen Augen seit dem Moment, in dem wir die Barkasse verlassen hatten, ständig über die Landschaft schweiften, mich am Arm berührte und auf eine Gruppe von Büschen zeigte, die ein paar Hundert Meter entfernt wuchsen.

Halb verborgen hinter ihrem abschirmenden Laub sah ich das Gelb und Schwarz eines großen Tigers, und als ich hinschaute, pirschte das Tier majestätisch auf uns zu. Einen Moment später folgte ihm ein weiterer und noch ein weiterer, und es ist unnötig zu erwähnen, dass wir einen eiligen Rückzug zum Boot antraten.

Das Land war offenbar von diesen riesigen Fleischfressern verseucht, denn nach drei weiteren Versuchen, an Land zu gehen und unser Essen zu kochen, waren wir gezwungen, die Idee ganz aufzugeben, da wir jedes Mal von jagenden Tigern vertrieben wurden.

Ebenso unmöglich war es, die notwendigen Zutaten für unseren chemischen Treibstoff zu beschaffen, und da wir nur noch sehr wenig an Bord hatten, beschlossen wir, unseren Faltmast zu setzen und unter Segel weiterzufahren und unseren Treibstoffvorrat für Notfälle zu horten.

Ich kann sagen, dass wir dem Tigerland, wie wir das alte Devon umtauften, ohne Bedauern Adieu sagten, und die Nase der Barkasse nach Südosten drehten, um Bolt Head zu umrunden und die Küste hinauf in Richtung der Straße von Dover und der Nordsee zu fahren.

Ich war entschlossen, London so schnell wie möglich zu erreichen, um uns frische Kleidung zu besorgen, kultivierte Leute zu treffen und von den Lippen der Engländer die Geheimnisse der zwei Jahrhunderte zu erfahren, seit der Osten vom Westen geschieden war.

Unser erster Zwischenstopp war die Isle of Wight. Wir fuhren eines Morgens gegen zehn Uhr in den Solent ein, und ich muss gestehen, dass mein Herz sank, als wir uns dem Ufer näherten. Es war kein Leuchtturm zu sehen, obwohl auf meiner Karte deutlich einer eingezeichnet war. An keinem der beiden Ufer gab es Anzeichen für eine menschliche Besiedlung. Wir umrundeten das Nordufer der Insel auf der vergeblichen Suche nach Menschen und landeten schließlich auf einem östlichen Punkt, wo Newport hätte stehen sollen, wo aber nur Unkraut und große Bäume und verwachsener wilder Wald wucherten und kein einziges von Menschenhand geschaffenes Ding für das Auge sichtbar war.

Vor der Landung ließ ich die Männer die stahlummantelten Geschosse, mit denen ihre Gürtel und Magazine gefüllt waren, durch weiche Kugeln ersetzen. So ausgerüstet, fühlten wir uns auf Augenhöhe mit den Tigern, aber es gab kein Zeichen von den Tigern, und ich entschied, dass sie sich auf das Festland beschränken mussten.

Nach dem Essen machten wir uns auf die Suche nach Treibstoff und überließen Taylor die Bewachung der Barkasse. Aus irgendeinem Grund konnte ich Snider nicht allein vertrauen. Ich wusste, dass er meinen

Plan, England zu besuchen, missbilligte, und ich wusste nur, dass er uns bei der ersten Gelegenheit verlassen, die Barkasse mitnehmen und versuchen könnte, nach Pan-Amerika zurückzukehren.

Dass er dumm genug sein würde, das zu wagen, bezweifelte ich nicht.

Wir waren eine Meile oder mehr landeinwärts gefahren und fuhren durch einen parkähnlichen Wald, als wir plötzlich auf die ersten menschlichen Wesen stießen, die wir seit der Sichtung der englischen Küste gesehen hatten.

Es waren eine ganze Reihe von Männern in der Gruppe. Es waren haarige, halbnackte Männer, die sich im Schatten eines großen Baumes ausruhten. Beim ersten Anblick von uns sprangen sie mit wildem Geschrei auf und ergriffen lange Speere, die neben ihnen gelegen hatten, als sie sich ausruhten.

Sie rannten etwa fünfzig Meter weit von uns weg, so schnell sie konnten, dann drehten sie sich um und betrachteten uns einen Moment lang. Offensichtlich durch unsere geringe Anzahl ermutigt, begannen sie auf uns zuzugehen, schwangen ihre Speere und brüllten fürchterlich.

Sie waren klein und muskulös gebaut, mit langen Haaren und Bärten, die mit Dreck verfilzt waren. Ihre Köpfe waren jedoch wohlgeformt, und ihre Augen, obwohl grimmig und kriegerisch, waren intelligent.

Die Wertschätzung dieser physischen Attribute kam natürlich erst später, als ich eine bessere Gelegenheit hatte, die Männer aus der Nähe und unter weniger gefährlichen und aufregenden Umständen zu studieren. In diesem Moment sah ich mit unverminderter Verwunderung nur eine Schar wildgewordener Barbaren auf uns zustürmen, wo ich eine Gemeinschaft zivilisierter und aufgeklärter Menschen erwartet hatte.

Jeder von uns war mit Gewehr, Revolver und Säbel bewaffnet, aber da wir Schulter an Schulter vor den wilden Männern standen, wollte ich nicht den Befehl geben, auf sie zu schießen, um Fremden, mit denen wir keinen Streit hatten, Tod oder Leid zuzufügen, und so versuchte ich, sie für den Moment zurückzuhalten, damit wir mit ihnen verhandeln konnten.

Zu diesem Zweck hob ich meine linke Hand über den Kopf, mit der Handfläche zu ihnen hin, als die natürlichste Geste, die mir einfiel, um friedliche Absichten anzuzeigen. Gleichzeitig rief ich ihnen laut zu, dass wir Freunde seien, obwohl ihr Äußeres nichts darauf hindeutete, dass sie

Pan-Amerikanisch oder Altenglisch verstehen könnten, die natürlich praktisch identisch sind.

Auf meine Geste und meine Worte hin hörten sie auf zu schreien und blieben ein paar Schritte von uns entfernt stehen. Dann antwortete einer, der den anderen vorausging und den ich für den Häuptling oder Anführer der Gruppe hielt, in tiefen Tönen in einer Sprache, die zwar für uns verständlich war, aber von der englischen Sprache, der sie offensichtlich entsprungen war, so entstellt war, dass wir sie nur mit Mühe entziffern konnten.

"Wer seid ihr", fragte er, "und aus welchem Land?"

Ich sagte ihm, dass wir aus Pan-Amerika kämen, aber er schüttelte nur den Kopf und fragte, wo das denn sei. Er hatte noch nie davon gehört, auch nicht von dem Atlantischen Ozean, der, wie ich ihm sagte, sein Land von meinem trennte.

"Es ist zweihundert Jahre her", sagte ich ihm, "dass ein Pan-Amerikaner England besucht hat."

"England?", fragte er. "Was ist England?"

"Das hier ist doch ein Teil von England!", rief ich aus.

"Das ist Grubitten", versicherte er mir. "Ich weiß nichts von England, und ich habe mein ganzes Leben hier verbracht."

Erst lange danach fiel mir die Herleitung von Grubitten ein. Zweifellos ist es eine Verballhornung von Great Britain, einem Namen, den man früher der großen Insel gab, die England, Schottland und Wales umfasst. Später hörten wir es als Grabrittin und Grubritten ausgesprochen.

Ich fragte dann den Burschen, ob er uns nach Ryde oder Newport führen könne; aber wieder schüttelte er den Kopf und sagte, er habe noch nie von solchen Ländern gehört. Und als ich ihn fragte, ob es in diesem Land irgendwelche Städte gäbe, wusste er nicht, was ich meinte, da er das Wort Städte noch nie gehört hatte.

Ich erklärte meine Bedeutung so gut ich konnte, indem ich erklärte, dass ich mit Stadt einen Ort meinte, an dem viele Menschen in Häusern zusammenlebten.

"Oh", rief er aus, "Sie meinen ein Lager! Ja, es gibt hier zwei große Lager, East Camp und West Camp. Wir sind vom East Camp."

Die Verwendung des Wortes Lager zur Beschreibung einer Ansammlung von Behausungen ließ mich natürlich an Krieg denken, und meine nächste Frage war, ob der Krieg vorbei sei und wer gesiegt habe.

"Nein", antwortete er auf diese Frage. "Der Krieg ist noch nicht zu Ende. Aber er wird bald vorbei sein, und er wird, wie immer, damit enden, dass die Westler weglaufen. Wir, die Eastenders, sind immer siegreich."

"Nein", sagte ich, als ich sah, dass er sich auf die kleinen Stammeskriege seiner kleinen Insel bezog, "ich meine den Großen Krieg, den Krieg mit Ländern aus Kontinentaleuropa. Ist er zu Ende - und wer hat gesiegt?"

Er schüttelte ungeduldig den Kopf.

"Ich habe", sagte er, "noch nie von einem dieser seltsamen Länder gehört, von denen Sie sprechen."

Es schien unglaublich, und doch war es wahr. Diese Leute, die an der Stätte des Großen Krieges lebten, wussten nichts davon, wenngleich es zwei Jahrhunderte her war, dass er auf dem Höhepunkt seines titanischen Schreckens um sie herum tobte, und für uns auf der anderen Seite des Atlantiks immer noch ein Thema von großem Interesse war.

Hier war ein lebenslanger Bewohner der Isle of Wight, der weder von Deutschland noch von England je etwas gehört hatte! Ich wandte mich ganz plötzlich mit einer neuen Frage an ihn.

"Welche Menschen leben auf dem Festland?", fragte ich, und zeigte in Richtung der Küste von Hants.

"Dort lebt niemand", antwortete er.

"Vor langer Zeit, so sagt man, wohnte mein Volk jenseits des Wassers auf jenem anderen Land; aber die wilden Tiere verschlangen sie in solcher Zahl, dass sie schließlich hierher getrieben wurden und auf Baumstämmen und Treibholz herüberpaddelten, und seither hat es niemand mehr gewagt, zurückzukehren, wegen der furchtbaren Kreaturen, die in diesem schrecklichen Land wohnen."

"Kommen denn keine anderen Völker mit Schiffen in Euer Land?", wollte ich wissen.

Er hatte das Wort Schiff noch nie gehört und kannte seine Bedeutung nicht. Aber er versicherte mir, dass er, bis wir kamen, geglaubt hatte, es gäbe keine anderen Völker auf der Welt als die Grubitten, die aus den Eastenders und den Westenders der alten Isle of Wight bestehen.

In der Gewissheit, dass wir zur Freundlichkeit geneigt waren, führten uns unsere neuen Bekannten in ihr Dorf oder, wie sie es nennen, in ihr Lager. Dort fanden wir vielleicht tausend Menschen vor, die in primitiven Hütten wohnten und sich von den Früchten der Jagd und von solchen Meeresfrüchten ernährten, die man in Küstennähe bekommen konnte, denn sie hatten weder Boote noch irgendwelche Kenntnisse von solchen Dingen.

Ihre Waffen waren äußerst primitiv und bestanden aus primitiven Speeren, an deren Spitze sich grob in Form geschlagene Metallstücke befanden. Sie hatten keine Literatur, keine Religion und kannten kein anderes Gesetz als das der Macht. Sie machten Feuer, indem sie ein Stück Feuerstein und Stahl zusammenschlugen, aber zum größten Teil aßen sie ihre Nahrung roh. Heirat ist bei ihnen unbekannt, und obwohl sie das Wort "Mutter" haben, wussten sie nicht, was ich mit "Vater" meinte. Die Männchen kämpfen um die Gunst der Weibchen. Sie praktizieren Kindermord und töten die Alten und körperlich Untauglichen.

Die Familie besteht aus der Mutter und den Kindern, wobei die Männer mal in einer Hütte und mal in einer anderen wohnen. Aufgrund ihrer blutigen Duelle sind sie den Frauen immer zahlenmäßig unterlegen, so dass es für sie alle eine Unterkunft gibt.

Wir verbrachten mehrere Stunden im Dorf, wo wir Objekte der größten Neugierde waren. Die Einwohner untersuchten unsere Kleidung und alle unsere Habseligkeiten und stellten unzählige Fragen über das fremde Land, aus dem wir gekommen waren, und die Art und Weise unseres Kommens.

Ich befragte viele von ihnen über vergangene historische Ereignisse, aber sie wussten nichts über die engen Grenzen ihrer Insel und das wilde, primitive Leben, das sie dort führten. Von London hatten sie noch nie gehört, und sie versicherten mir, dass ich auf dem Festland keine menschlichen Wesen finden würde.

Sehr betrübt von dem, was ich gesehen hatte, verabschiedete ich mich von ihnen, und wir drei machten uns auf den Weg zurück zur Barkasse, begleitet von etwa fünfhundert Männern, Frauen, Mädchen und Jungen.

Als wir davonsegelten, nachdem wir die notwendigen Zutaten für unseren chemischen Treibstoff besorgt hatten, säumten die Grubritten das Ufer in stillem Erstaunen über den seltsamen Anblick unseres zierlichen Bootes, das über das glitzernde Wasser tanzte, und beobachteten uns, bis wir aus ihren Augen verschwanden.

KAPITEL IV.

Es war am Morgen des 6. Juli 2237, als wir in die Themsemündung einfuhren - meines Wissens nach der erste westliche Kiel, der diese historischen Gewässer seit zweihunderteinundzwanzig Jahren durchfuhr!

Aber wo waren die Schlepper und die Leichter und die Kähne, die Feuerschiffe und die Bojen und all die zahllosen Attribute, aus denen sich das vielfältige Leben der alten Themse zusammensetzte?

Verschwunden! Alles weg! Nur Stille und Trostlosigkeit herrschte dort, wo sich einst der Handel der Welt konzentriert hatte.

Ich konnte nicht anders, als diese einst großartige Wasserstraße mit den Gewässern um unser New York oder Rio oder San Diego, oder Valparaiso zu vergleichen. Sie waren zu dem geworden, was sie heute sind, während der zwei Jahrhunderte des tiefen Friedens, den wir von der Navy zu bedauern pflegten. Und was hat in dieser Zeit die Gewässer der Themse ihrer ursprünglichen Pracht beraubt?

Als Militärangehöriger, der ich bin, konnte ich nur ein einziges Wort der Erklärung finden - Krieg!

Ich neigte meinen Kopf und wandte meine Augen von dem einsamen und bedrückenden Anblick ab, und in einem Schweigen, das keiner von uns zu brechen bereit schien, fuhren wir den verlassenen Fluss hinauf.

Wir hatten eine Stelle erreicht, von der ich nach meiner Karte annahm, dass sie ungefähr an der ehemaligen Stelle von Erith liegen musste, als ich eine kleine Antilopenherde in einiger Entfernung landeinwärts entdeckte. Da wir nun wieder kein Fleisch mehr hatten und ich alle Erwartungen aufgegeben hatte, eine Stadt an der Stelle des alten London zu finden, beschloss ich, an Land zu gehen und ein paar der Tiere zu erlegen.

In der Gewissheit, dass sie scheu und leicht zu erschrecken waren, beschloss ich, mich allein an sie heranzupirschen, und wies die Männer an, am Boot zu warten, bis ich sie rief, um die Tierleichen zum Ufer zurückzutragen.

Ich kroch vorsichtig durch die Vegetation, nutzte Bäume und Büsche, die mir Schutz boten, und kam schließlich fast in Reichweite meiner Beute, als sich der geweihte Kopf des Bockes plötzlich in die Luft erhob, und dann bewegte sich die ganze Bande wie auf ein vorher verabredetes Signal hin langsam weiter landeinwärts.

Da ihr Tempo gemächlich war, beschloss ich, ihnen zu folgen, bis ich wieder in Reichweite kam, da ich sicher war, dass sie in kurzer Zeit anhalten und fressen würden.

Sie müssen mich mindestens eine Meile oder mehr geleitet haben, bevor sie wieder anhielten und begannen, die üppigen Gräser zu fressen. Während der ganzen Zeit, in der ich ihnen gefolgt war, hatte ich Augen und Ohren auf Anzeichen oder Geräusche gerichtet, die auf die Anwesenheit von Felis tigris hindeuten würden; aber bis jetzt war nicht der geringste Hinweis auf das Tier zu erkennen gewesen.

Als ich näher an die Antilope heranschlich, diesmal in der Gewissheit, einen großen Bock zu erlegen, sah ich plötzlich etwas, das mich vor Staunen alles um meine Beute vergessen ließ.

Es war die Statur einer riesigen grauschwarzen Kreatur, die sich mit ihren kolossalen Schultern zwölf oder vierzehn Fuß über den Boden erhob. Noch nie in meinem Leben hatte ich ein solches Tier gesehen, und ich erkannte es auch nicht gleich, so sehr unterscheidet sich die lebende Realität von den ausgestopften, unnatürlichen Exemplaren, die uns in unseren Museen erhalten blieben.

Doch bald erkannte ich, dass es sich bei der mächtigen Kreatur um Elephas africanus handelte, oder, wie die Alten ihn gemeinhin nannten, um einen afrikanischen Elefanten.

Obwohl die Antilope das riesige Tier deutlich sehen konnte, schenkte sie ihm nicht die geringste Aufmerksamkeit, und ich war so sehr in die Beobachtung des mächtigen Dickhäuters vertieft, dass ich ganz vergaß, auf den Bock zu schießen, und bald wurde es mir auf ganz verblüffende Weise unmöglich, dies zu tun.

Der Elefant graste an den jungen und zarten Trieben einiger niedriger Büsche, wedelte mit seinen großen Ohren und bewegte seinen kurzen Schwanz. Die Antilopen, kaum zwanzig Schritte von ihm entfernt, setzten ihre Fresstätigkeit fort, als plötzlich aus unmittelbarer Nähe ein furchterregendes Gebrüll ertönte, und ich sah einen großen, gelbbraunen Körper aus dem verborgenen Dickicht jenseits der Antilopen auf den Rücken eines kleinen Bockes springen.

Augenblicklich verwandelte sich die Szene von einer ruhigen und friedlichen in ein unbeschreibliches Chaos. Der erschrockene und verängstigte Bock stieß einen Schmerzensschrei aus. Seine Artgenossen brachen los und sprangen in alle Richtungen davon. Der Elefant hob seinen Rüssel und rannte laut trompetend durch den Wald, wobei er in seiner wahnsinnigen Flucht kleine Bäume abbrach und Büsche zertrat.

Schrecklich knurrend stand ein riesiger Löwe über dem Körper seiner Beute - eine Kreatur, wie sie kein Pan-Amerikaner des dreiundzwanzigsten Jahrhunderts je zu Gesicht bekommen hatte, bis meine Augen auf diesem herrschaftlichen Exemplar des "Königs der Tiere" ruhten. Aber was für eine andere Kreatur war dieser wildäugige Dämon, der vor Leben und Kraft strotzte, mit glänzendem Fell, wachsam, knurrend, prächtig, im Vergleich zu den schmuddeligen, mottenzerfressenen Repliken unter ihren Vitrinen in den stickigen Hallen unserer öffentlichen Museen.

Ich hatte nie gehofft oder erwartet, einen lebenden Löwen, Tiger oder Elefanten zu sehen - um die gebräuchlichen Begriffe zu verwenden, die den Alten vertraut waren, da sie mir weniger sperrig erscheinen als die, die heute bei uns allgemein gebräuchlich sind - und so stand ich mit einem Gefühl, das nicht mit Ehrfurcht zu verwechseln war, da und starrte auf dieses königliche Tier, als es über dem Kadaver seiner Beute seine Herausforderung an die Welt hinausbrüllte.

Ich war von dem Anblick so gefesselt, dass ich mich selbst ganz vergaß, und um ihn, den großen Löwen, besser sehen zu können, hatte ich mich aufgerichtet und stand keine fünfzig Schritte von ihm entfernt, in voller Sicht.

Einen Augenblick lang sah er mich nicht, da seine Aufmerksamkeit auf den sich zurückziehenden Elefanten gerichtet war, und ich hatte reichlich Zeit, meine Augen an seinen prächtigen Proportionen, seinem großen Kopf und seiner dichten schwarzen Mähne zu weiden.

Ah, was für Gedanken gingen mir in diesen kurzen Momenten durch den Kopf, als ich fasziniert dastand! Ich war gekommen, um eine wundersame Zivilisation zu finden, und stattdessen fand ich ein wildes Tier, einen Monarchen aus dem Reich, in dem englische Könige regiert hatten. Ein Löwe regierte, ungestört, innerhalb weniger Meilen vom Sitz einer der größten Regierungen, die die Welt je gekannt hat, sein Reich eine heulende Wildnis, wo gestern noch die Schatten der größten Stadt der Welt lagen.

Es war entsetzlich; aber meine Überlegungen zu diesem deprimierenden Thema waren zum plötzlichen Verlöschen verurteilt. Der Löwe hatte mich entdeckt.

Einen Augenblick lang stand er still und regungslos wie eine der räudigen Abbilder zu Hause, aber nur einen Augenblick lang. Dann stürzte er sich mit wildem Gebrüll und ohne das geringste Zögern oder eine Warnung auf mich.

Er verließ die Beute, die bereits tot unter ihm lag, um sich an dem köstlichen Leckerbissen, dem Menschen, zu erfreuen. Die Unbarmherzigkeit, mit der die großen Fleischfresser des modernen Englands den Menschen jagten, zwingt mich zu der Annahme, dass sie, wie groß ihr Appetit in der Vergangenheit auch gewesen sein mag, einen grausamen Geschmack für Menschenfleisch entwickelt haben.

Als ich mein Gewehr auf die Schulter warf, dankte ich Gott, dem alten Gott meiner Vorfahren, dass ich die Hartmantelgeschosse in meiner Waffe durch Weichmantelgeschosse ersetzt hatte, denn obwohl dies meine erste Erfahrung mit Felis leo war, wusste ich in dem Moment, in dem ich diesem Angriff gegenüberstand, dass selbst meine wunderbar perfektionierte Feuerwaffe so nutzlos sein würde wie ein Erbsenschießer, wenn ich nicht zufällig meine erste Kugel an einer lebenswichtigen Stelle platzierte.

Wenn man es nicht gesehen hat, kann man nicht glauben, wie schnell ein angreifender Löwe ist. Offensichtlich ist das Tier weder für Geschwindigkeit gebaut, noch kann es sie lange aufrechterhalten. Aber für eine Strecke von vierzig oder fünfzig Metern gibt es, glaube ich, kein Tier auf Erden, das ihn überholen kann.

Wie ein Blitz schoss er auf mich zu, aber zu meinem Glück verlor ich meinen Kopf nicht. Ich ahnte, dass keine Kugel ihn auf der Stelle töten würde. Ich bezweifelte, dass ich seinen Schädel durchbohren konnte. Es bestand jedoch die Hoffnung, sein Herz durch die freiliegende Brust zu finden, oder, noch besser, ihm die Schulter oder das Vorderbein zu brechen und ihn lange genug aufzurichten, um mehr Kugeln in ihn zu pumpen und ihn zu erledigen.

Ich nahm seine linke Schulter ins Visier und drückte ab, als er fast über mir war. Das stoppte ihn. Mit einem furchtbaren Schmerzens- und Wutgeheul wälzte sich die Bestie auf dem Boden, fast bis zu meinen Füßen. Als er kam, pumpte ich zwei weitere Kugeln in ihn hinein, und als er sich mühsam aufrichtete und bösartig nach mir krallte, jagte ich ihm eine Kugel in die Wirbelsäule.

Damit war er erledigt, und ich muss zugeben, dass ich sehr froh darüber war. Dicht hinter mir stand ein großer Baum, in dessen Schatten ich mich anlehnte und mir den Schweiß vom Gesicht wischte, denn der Tag war heiß, und Anstrengung und Aufregung hatten mich erschöpft.

Ich stand einen Moment lang da und ruhte mich aus, um mich umzudrehen und meine Schritte zur Barkasse zurückzuverfolgen, als ohne Vorwarnung etwas durch die Luft sauste, direkt auf mich zu. Es gab einen dumpfen Aufprall, als es gegen den Baum schlug, und als ich zur Seite auswich und mich umdrehte, um das Ding zu betrachten, sah ich einen schweren Speer im Holz stecken, keine drei Zoll von der Stelle entfernt, wo mein Kopf gewesen war.

Das Ding war knapp neben mir vorbeigekommen, und ohne zu warten, um es zu untersuchen, sprang ich hinter den Baum, umkreiste ihn und spähte auf die andere Seite, um meinen potenziellen Mörder zu erspähen.

Diesmal hatte ich es mit Menschen zu tun - der Speer sagte mir das nur allzu deutlich -, aber solange sie mich nicht unvorbereitet oder von hinten überfielen, hatte ich wenig Angst vor ihnen.

Vorsichtig bewegte ich mich zur anderen Seite des Baumes, bis ich die Stelle sehen konnte, von der der Speer gekommen sein musste, und als ich das tat, sah ich den Kopf eines Mannes, der gerade hinter einem Busch auftauchte.

Der Kerl sah denen, die ich auf der Isle of Wight gesehen hatte, ziemlich ähnlich. Er war haarig und ungepflegt, und als er schließlich ins Blickfeld trat, sah ich, dass er auf die gleiche primitive Weise gekleidet war.

Er stand einen Moment lang da und schaute sich suchend nach mir um, dann ging er weiter. Während er das tat, traten einige andere, genau wie er, aus dem verdeckenden Dickicht der nahen Büsche und folgten ihm nach. Die Bäume zwischen ihnen und mir haltend, lief ich eine kurze Strecke zurück, bis ich ein Gebüsch fand, das mich wirksam verbarg, denn ich wollte die Stärke der Gruppe und ihre Bewaffnung feststellen, bevor ich versuchte, mit ihr zu verhandeln.

Die sinnlose Tötung einer dieser armen Gestalten war der fernste Gedanke, der mir in den Sinn kam. Ich hätte gerne mit ihnen gesprochen, aber ich wollte nicht riskieren, mein Hochleistungsgewehr gegen sie einzusetzen, außer im Notfall.

In meinem neuen Versteck angekommen, beobachtete ich sie, während sie sich dem Baum näherten. Es waren etwa dreißig Männer in der Gruppe und eine Frau - ein Mädchen, dessen Hände auf dem Rücken gefesselt zu sein schienen und das von zwei der Männer mitgezogen wurde.

Sie kamen vorsichtig vorwärts, spähten vorsichtig in jeden Busch und blieben oft stehen. Bei der Leiche des Löwen hielten sie inne, und ich konnte an ihren Gesten und der höheren Tonlage ihrer Stimmen erkennen, dass sie über meine Beute sehr aufgeregt waren.

Aber bald nahmen sie ihre Suche nach mir wieder auf, und als sie weiter vorrückten, wurde mir plötzlich die unnötige Brutalität bewusst, mit der die Wächter des Mädchens sie behandelten. Sie stolperte einmal, nicht weit von meinem Versteck entfernt, und zwar nachdem der Rest der Gruppe an mir vorbeigegangen war. Als das geschah, riss einer der Männer sie grob auf die Beine und schlug ihr mit der Faust auf den Mund.

Sofort kochte mein Blut, und ich vergaß jede Vorsicht, sprang aus meiner Deckung und sprang dem Mann zur Seite, um ihn mit einem Schlag niederzustrecken.

Meine Tat war so unerwartet, dass sie ihn und seinen Kameraden unvorbereitet traf; aber sofort zog Letzterer das Messer, das aus seinem Gürtel ragte, und stürzte sich bösartig auf mich, wobei er gleichzeitig einen wilden Schrei ausstieß.

Das Mädchen wich bei meinem Anblick zurück, ihre Augen weiteten sich vor Erstaunen, und dann stürzte sich mein Widersacher auf mich. Ich parierte seinen ersten Schlag mit dem Unterarm und versetzte ihm gleichzeitig einen kräftigen Schlag gegen den Kiefer, der ihn zurücktaumeln ließ; aber im Nu war er wieder bei mir, obwohl ich in der kurzen Zwischenzeit Zeit hatte, meinen Revolver zu ziehen.

Ich sah, wie sein Begleiter langsam auf die Füße kroch, und die anderen der Gruppe stürzten sich auf mich. Jetzt war keine Zeit mehr zu argumentieren, außer mit den Waffen, die wir trugen, und so, als der Kerl sich wieder mit dem bösartig aussehenden Messer auf mich stürzte, gab ich ihm einen Stoß gegen sein Herz und drückte ab.

Ohne einen Laut glitt er zu Boden, und dann richtete ich die Waffe auf den anderen Bewacher, der nun im Begriff war, mich anzugreifen. Auch er brach zusammen, und ich war mit dem verblüfften Mädchen allein.

Der Rest der Gruppe befand sich etwa zwanzig Schritte von uns entfernt, kam aber schnell näher. Ich ergriff ihren Arm und zog sie hinter mir her hinter einen nahen Baum, denn ich hatte gesehen, dass sich die anderen anschickten, ihre Speere zu schleudern, nachdem ihre beiden Kameraden gefallen waren.

Als das Mädchen hinter dem Baum in Sicherheit war, trat ich in Sichtweite der anrückenden Feinde und rief ihnen zu, dass ich kein

Feind sei und dass sie anhalten und mir zuhören sollten. Aber als Antwort brüllten sie nur Hohn und warfen ein paar Speere nach mir, die
mich nicht trafen.

Da sah ich ein, dass ich kämpfen musste, aber ich hasste es, sie zu töten, und nur als letzten Ausweg erschoss ich zwei von ihnen mit meinem
Gewehr, was die anderen zu einem vorläufigen Halt brachte. Wieder ap-
pellierte ich an sie, aufzuhören. Aber sie verwechselten meine Sorge um
sie nur mit Furcht und sprangen mit Schreien der Wut und des Spottes
wieder vor, um mich zu überwältigen.

Es war nun ganz klar, dass ich sie schwer bestrafen oder - selbst sterben und das Mädchen wieder seinen Entführern überlassen musste. An
beides dachte ich nicht im Geringsten, und so trat ich wieder hinter den
Baum und begann, mit der Sorgfalt und Überlegung eines Schieß-
übungsleiters, die vordersten Angreifer zu erlegen.

Einer nach dem anderen fielen die wilden Männer, doch die anderen
folgten, wütend und rachsüchtig, bis nur noch wenige übrig waren, die
die Sinnlosigkeit des Kampfes gegen meine moderne Waffe mit ihren
primitiven Speeren zu erkennen schienen und sich, immer noch wutent-
brannt heulend, nach Westen zurückzogen.

Jetzt hatte ich zum ersten Mal Gelegenheit, meine Aufmerksamkeit
auf das Mädchen zu richten, das still und regungslos hinter mir gestanden hatte, während ich aus meinem automatischen Gewehr den Tod in
meine und ihre Feinde pumpte.

Sie war mittelgroß, gut geformt und hatte feine, klare Gesichtszüge.
Ihre Stirn war hoch, und ihre Augen waren sowohl intelligent als auch
schön. Die Sonne hatte ihre glatte und samtige Haut gebräunt, sodass ihr
insgesamt reizvolles Bild von jugendlicher Weiblichkeit eher betont als
beeinträchtigt schien.

Eine Spur von Besorgnis kennzeichnete ihren Ausdruck - ich kann es
nicht Furcht nennen, seit ich sie kennengelernt habe -, und in ihren Augen war immer noch Erstaunen zu sehen. Sie stand ganz aufrecht, die
Hände immer noch auf dem Rücken gefesselt, und begegnete meinem
Blick mit gleichmäßiger, stolzer Erwiderung.

"Welche Sprache sprichst du?", fragte ich. "Verstehst du meine?"

"Ja", antwortete sie. "Sie ist meiner eigenen ähnlich. Ich bin Grabritin. Was sind Sie?"

"Ich bin ein Pan-Amerikaner", antwortete ich. Sie schüttelte den
Kopf. "Was ist das?"

44

Ich deutete in Richtung Westen. "Weit weg, jenseits des Ozeans."

Ihr Gesichtsausdruck veränderte sich ein klein wenig. Ein leichtes Stirnrunzeln zog ihre Stirn zusammen. Der Ausdruck der Besorgnis vertiefte sich.

"Nimm deine Mütze ab", sagte sie, und als ich ihrer seltsamen Aufforderung nachkam, schien sie erleichtert zu sein. Dann trat sie zur Seite und beugte sich vor, scheinbar um hinter mich zu spähen. Ich drehte mich schnell um, um zu sehen, was sie entdeckte, fand aber nichts und wandte den Kopf, um zu sehen, dass sich ihr Gesichtsausdruck noch einmal veränderte.

"Du bist nicht von dort?", und sie deutete in Richtung Osten. Es war eine halbe Frage. "Du bist nicht von der anderen Seite des Wassers dort?"

"Nein", versicherte ich ihr. "Ich komme aus Pan-Amerika, weit weg im Westen. Hast du jemals von Pan-Amerika gehört?"

Sie schüttelte verneinend den Kopf. "Es ist mir egal, woher du kommst", erklärte sie, "wenn du nicht von dort bist, und ich bin sicher, du bist es nicht, denn die Männer von dort haben Hörner und Schwänze."

Nur mit Mühe konnte ich mir ein Lächeln verkneifen.

"Wer sind die Männer von dort?", fragte ich.

"Es sind böse Männer", antwortete sie. "Einige meiner Leute glauben nicht, dass es solche Kreaturen gibt. Aber wir haben eine Legende - eine sehr alte, alte Legende -, dass die Männer von dort einst hinüber nach Grabritin kamen. Sie kamen auf dem Wasser, unter dem Wasser und sogar in der Luft. Sie kamen in großer Zahl, sodass sie wie ein großer grauer Nebel über das Land zogen. Sie brachten Donner und Blitz und tödlichen Rauch mit sich, und sie fielen über uns her und töteten unser Volk zu Tausenden und Hunderttausenden. Aber schließlich trieben wir sie zurück an den Rand des Wassers, zurück ins Meer, wo viele ertranken. Einige entkamen, und diesen folgte unser Volk - Männer, Frauen und sogar Kinder, wir folgten ihnen auch in ihre Heimat. Das ist alles. Die Legende besagt, dass unser Volk hierher nie zurückkehrte. Vielleicht wurden sie alle getötet. Vielleicht sind sie noch da. Aber auch das steht in der Legende: Als wir die Männer über das Wasser zurücktrieben, schworen sie, dass sie wiederkommen würden, und dass sie, wenn sie unsere Küste verließen, kein menschliches Wesen lebend zurücklassen würden. Ich habe befürchtet, dass du von dort stammst."

"Wie hießen diese Männer?", wollte ich wissen.

"Wir nennen sie nur die 'Männer von dort' ", antwortete sie und deutete nach Osten. "Ich habe nie gehört, dass sie einen anderen Namen hatten."

Nach dem, was ich von der alten Geschichte wusste, fiel es mir nicht schwer, die Nationalität derjenigen zu erraten, die sie einfach als "die Männer von drüben" bezeichnete. Aber was für eine völlige und entsetzliche Verwüstung muss der Große Krieg angerichtet haben, dass er nicht nur jedes Zeichen von Zivilisation aus dem Antlitz dieses großen Landes getilgt hat, sondern sogar den Namen des Feindes aus dem Wissen und der Sprache der Menschen.

Ich konnte mir das nur mit der Hypothese erklären, dass das Land völlig entvölkert worden war, bis auf ein paar verstreute und vergessene Kinder, die auf wunderbare Weise von der Vorsehung bewahrt worden waren, um das Land wieder zu bevölkern. Diese Kinder waren zweifellos zu jung gewesen, um in ihrem Gedächtnis etwas anderes als die vageste Andeutung des Weltuntergangs, der ihre Eltern überwältigt hatte, an ihre Kinder weiterzugeben.

Professor Cortoran hat nach meiner Rückkehr nach Pan-Amerika eine andere Theorie vorgeschlagen, die nicht ganz ohne Anspruch auf ernsthafte Berücksichtigung ist. Er weist darauf hin, dass es jenseits des menschlichen Instinkts liegt, kleine Kinder im Stich zu lassen, wie es meiner Theorie nach die alten Engländer getan haben könnten. Er ist eher geneigt zu glauben, dass die Vertreibung des Feindes aus England zeitgleich mit den weitverbreiteten Siegen der Alliierten auf dem Kontinent stattfand, und dass die Menschen in England lediglich aus ihren zerstörten Städten und ihren verwüsteten, blutgetränkten Feldern auf das Festland auswanderten, in der Hoffnung, im Gebiet des besiegten Feindes Städte und Höfe zu finden, die ihre verlorenen Gebiete gleichwertig ersetzen würden.

Der gelehrte Professor nimmt an, dass ein lang anhaltender Krieg zwar den Instinkt der väterlichen Hingabe eher gestärkt als geschwächt hat, aber auch andere humanitäre Instinkte abgestumpft und das Gesetz des Überlebens des Stärkeren zur ersten Größe erhoben hat, mit dem Ergebnis, dass, wenn der Exodus stattfand, die Starken, die Intelligenten und die Gerissenen zusammen mit ihren Nachkommen die Gewässer des Kanals oder der Nordsee zum Kontinent überquerten und im unglücklichen England nur die hilflosen Insassen der Anstalten für Schwachsinnige und Unzurechnungsfähige zurückließen.

Meine Einwände dagegen, dass die heutigen Einwohner Englands geistig gesund sind und daher nicht von einer Abstammung von unverdünntem Wahnsinn abstammen können, wischt er mit der Behauptung beiseite, dass Wahnsinn nicht unbedingt erblich sei; und dass, selbst wenn es so wäre, in vielen Fällen eine Rückkehr zu den natürlichen Bedingungen aus dem Zustand der hohen Zivilisation, von der man annimmt, dass sie in der alten Welt Geisteskrankheiten hervorgerufen haben könnte, nach mehreren Generationen jede Spur des Leidens aus den Gehirnen und Nerven der Nachkommen der ursprünglichen Wahnsinnigen gründlich getilgt hätte.

Persönlich halte ich nicht viel von Professor Cortorans Theorie, obwohl ich zugebe, dass ich voreingenommen bin. Natürlich möchte man nicht glauben, dass das Objekt seiner größten Zuneigung von einem kauzigen Idioten und einem rasenden Wahnsinnigen abstammt.

Aber ich vergesse die Kontinuität meiner Erzählung - eine Kontinuität, die ich beibehalten möchte, obwohl ich fürchte, dass ich oft in die Irre geführt werde, so zahlreich und vielfältig sind die Nebenpfade der Spekulation, die von der heutigen Geschichte der Grabritins in die geheimnisvolle Vergangenheit ihrer Vorfahren führen.

Während ich mich mit dem Mädchen unterhielt, erinnerte ich mich daran, dass sie immer noch gefesselt war, und mit einem Wort der Entschuldigung zog ich mein Messer und schnitt die Rohhautbänder durch, die ihre Handgelenke auf dem Rücken zusammenhielten.

Sie dankte mir, und zwar mit einem so süßen Lächeln, dass ich damit für einen viel mühsameren Dienst reichlich entschädigt worden wäre.

"Und nun", sagte ich, "lassen Sie mich Sie nach Hause begleiten und Sie sicher wieder unter dem Schutz Ihrer Freunde sehen."

"Nein", sagte sie mit einem Hauch von Alarm in der Stimme, "du darfst nicht mit mir kommen - Buckingham wird dich töten."

Buckingham. Der Name war berühmt in der alten englischen Geschichte. Sein Überleben, zusammen mit vielen anderen illustren Namen, ist eines der stärksten Argumente, um Professor Cortorans Theorie zu widerlegen; dennoch öffnet es keine neuen Türen zur Vergangenheit und trägt im Großen und Ganzen eher zum Geheimnis bei, als es aufzulösen.

"Und wer ist Buckingham", fragte ich, "und warum sollte er mich töten wollen?"

"Er würde denken, dass du mich gestohlen hast", antwortete sie, "und da er mich für sich selbst will, wird er jeden anderen töten, von dem er glaubt, dass er mich begehrt. Er hat Wettin vor ein paar Tagen umgebracht. Meine Mutter sagte mir einmal, dass Wettin mein Vater sei. Er war König. Jetzt ist Buckingham König."

Hier lebte offensichtlich ein Volk, das dem der Isle of Wight etwas überlegen war. Diese müssen zumindest die Rudimente einer zivilisierten Regierung haben, da sie einen von ihnen als Herrscher anerkannten, mit dem Titel König. Außerdem behielten sie das Wort Vater bei. Die Aussprache des Mädchens war zwar bei Weitem nicht identisch mit unserer, aber viel näher als der gequälte Dialekt der Eastenders von der Isle of Wight. Je länger ich mich mit ihr unterhielt, desto hoffnungsvoller wurde ich, hier, bei ihrem Volk, einige Aufzeichnungen oder Überlieferungen zu finden, die helfen könnten, das historische Rätsel der letzten zwei Jahrhunderte zu klären. Ich fragte sie, ob wir weit von der Stadt London entfernt seien, aber sie wusste nicht, was ich meinte. Als ich zu erklären versuchte, indem ich mächtige Gebäude aus Stein und Ziegeln, breite Alleen, Parks, Paläste und unzählige Menschen beschrieb, schüttelte sie nur traurig den Kopf.

"Einen solchen Ort gibt es in der Nähe nicht", meinte sie. "Nur im Lager der Löwen gibt es Orte aus Stein, wo die Tiere hausen, aber im Lager der Löwen gibt es keine Menschen. Wer würde es wagen, dorthin zu gehen!" Und sie schauderte.

"Das Lager der Löwen", wiederholte ich. "Und wo ist das, und was ist das?"

"Es ist dort", sagte sie und deutete flussaufwärts nach Westen. "Ich habe es schon von Wcitem gesehen, aber ich war noch nie dort. Wir fürchten uns sehr vor den Löwen, denn dies ist ihr Land, und sie sind wütend, dass der Mensch hierher gekommen ist, um hier zu leben.

"Weit weg dort", und sie zeigte in Richtung Südwesten, "ist das Land der Tiger, das noch schlimmer ist als dieses, das Land der Löwen, denn die Tiger sind zahlreicher als die Löwen und hungriger nach Menschenfleisch. Vor langer Zeit gab es hier Tiger, aber sowohl die Löwen als auch die Menschen haben sich auf sie gestürzt und sie vertrieben."

"Woher kommen diese wilden Tiere?", fragte ich.

"Oh", antwortete sie, "sie waren schon immer hier. Es ist ihr Land."

"Töten und fressen sie nicht eure Leute?", fragte ich weiter.

"Oft, wenn wir ihnen zufällig begegnen, und wir sind zu wenige, um sie zu erschlagen, oder wenn man ihrem Lager zu nahe kommt. Aber selten jagen sie uns, denn was sie an Nahrung brauchen, finden sie unter den Hirschen und wilden Rindern, und auch wir machen ihnen Geschenke, denn sind wir nicht Eindringlinge in ihrem Land? Wir leben wirklich in gutem Einvernehmen mit ihnen, obwohl ich mich nicht darum kümmern würde, einen zu treffen, wenn es nicht viele Speere in meiner Gruppe gäbe."

"Ich würde gerne dieses Lager der Löwen besuchen", sagte ich.

"Oh, nein, das darfst du nicht!", rief das Mädchen. "Das wäre ja schrecklich. Sie würden dich auffressen." Einen Moment lang schien sie in Gedanken versunken zu sein, doch dann wandte sie sich mir zu: "Du musst jetzt gehen, denn jeden Augenblick kann Buckingham kommen und mich suchen. Längst sollten sie erfahren haben, dass ich das Lager verlassen habe - sie wachen sehr genau über mich - und sie werden sich auf die Suche nach mir machen. So geh! Ich werde hier warten, bis sie mich suchen kommen."

"Nein", widersprach ich. "Ich werde dich nicht allein lassen in einem Land, das von Löwen und anderen wilden Tieren heimgesucht wird. Wenn du mich nicht bis zu deinem Lager mitgehen lässt, dann werde ich hier warten, bis sie kommen und dich suchen."

"Bitte geh!", flehte sie. "Du hast mich gerettet, und ich würde dich retten, aber nichts wird dich retten, wenn Buckingham dich in die Finger bekommt. Er ist ein schlechter Mensch. Er will mich zur Frau haben, damit er König werden kann. Er würde jeden töten, der sich mit mir anfreundet, aus Angst, ich könnte einem anderen gehören."

"Sagtest du nicht, dass Buckingham bereits König ist?", fragte ich.

"Das ist er. Er hat meine Mutter zur Frau genommen, nachdem er Wettin getötet hatte. Aber meine Mutter wird bald sterben - sie ist sehr alt - und dann wird der Mann, dem ich gehöre, König werden."

Endlich, nach langem Nachfragen, ging mir die Sache durch den Kopf. Es scheint, dass die Abstammungslinie über die Frauen verläuft. Ein Mann ist nur der Kopf der Familie seiner Frau - das ist alles. Wenn sie zufällig das älteste weibliche Mitglied des "königlichen" Hauses ist, ist er König. Sehr naiv erklärte das Mädchen, dass es selten einen Zweifel daran gebe, wer die Mutter eines Kindes sei.

Das erklärte die Bedeutung des Mädchens in der Gemeinde und Buckinghams Bestreben, sie für sich zu beanspruchen, obwohl sie mir sagte, dass sie nicht seine Frau werden wolle, denn er sei ein schlechter Mensch und würde einen schlechten König abgeben. Aber er war mächtig, und es gab keinen anderen Mann, der es wagte, seinen Wünschen zu widersprechen.

"Warum kommst du nicht mit mir", schlug ich vor, "wenn du nicht Buckinghams Frau werden willst?"

"Wo würdest du mich hinbringen?", wollte sie wissen.

Wohin, in der Tat! Daran hatte ich nicht gedacht. Aber bevor ich auf ihre Frage antworten konnte, schüttelte sie den Kopf und sagte: "Nein, ich kann meine Leute nicht verlassen. Ich muss bleiben und mein Bestes tun, auch wenn Buckingham mich kriegt, aber du musst sofort gehen. Warte nicht, bis es zu spät ist. Die Löwen haben schon lange kein Opfer mehr bekommen, und Buckingham würde sich auf den ersten Fremden stürzen und ihnen diesen zum Geschenk machen."

Ich verstand nicht ganz, was sie meinte, und wollte sie gerade fragen, als sich ein schwerer Körper von hinten auf mich stürzte und große Arme meinen Hals umschlangen. Ich kämpfte, um mich zu befreien und mich auf meinen Gegner zu stürzen, aber in einem weiteren Augenblick wurde ich von einem halben Dutzend kräftiger, halb nackter Männer überwältigt, während eine Reihe anderer mich umringten, von denen ein paar das Mädchen ergriffen.

Ich kämpfte, so gut ich konnte, um meine und ihre Freiheit, aber das Gewicht der Zahl war zu groß, obwohl ich zumindest die Genugtuung hatte, ihnen einen guten Kampf zu liefern.

Als sie mich überwältigt hatten und ich mit auf dem Rücken gefesselten Händen an der Seite des Mädchens stand, schaute sie mich mitleidig an.

"Es ist zu schade, dass du nicht getan hast, was ich dir gesagt habe", sagte sie, "denn jetzt ist es so gekommen, wie ich befürchtet habe - Buckingham hat dich."

"Welcher ist Buckingham?", fragte ich.

"Ich bin Buckingham", knurrte ein stämmiger, ungewaschener Rohling, der ungehobelt vor mir herumstolzierte. "Und wer bist du, der mir die Frau stehlen will?"

Da meldete sich das Mädchen zu Wort und versuchte zu erklären, dass ich sie nicht gestohlen hätte, sondern im Gegenteil vor den Männern aus dem "Elefantenland" gerettet hätte, die sie verschleppen wollten.

Buckingham spottete nur über ihre Erklärung und gab einen Augenblick später das Kommando, das uns alle in Richtung Westen aufbrechen ließ. Wir marschierten etwa eine Stunde lang und kamen schließlich zu einer Ansammlung grober Hütten, die aus Baumzweigen gefertigt, mit Fellen und Gräsern bedeckt und manchmal mit Lehm verputzt waren. Rund um das Lager hatten sie eine Mauer aus spitz zulaufenden, feuergehärteten Baumstämmen errichtet.

Diese Palisade war ein Schutz gegen Mensch und Tier, und innerhalb der Palisade wohnten bis zu zweitausend Personen, wobei die Unterkünfte sehr dicht beieinander und manchmal teilweise unterirdisch gebaut waren, wie tiefe Gräben, mit den Pfählen und Fellen darüber nur als Schutz vor Sonne und Regen.

Der ältere Teil des Lagers bestand fast ausschließlich aus Gräben, als ob dies die ursprüngliche Form der Behausung gewesen wäre, die langsam den trockeneren und luftigeren Oberflächendomizilen wich. In diesen Grabenbehausungen sah ich ein Überbleibsel der militärischen Schützengräben, die im einundzwanzigsten Jahrhundert ein so berühmter Teil der Operationen der kriegsführenden Nationen waren.

Die Frauen trugen ein einziges leichtes Hirschleder um die Hüften, denn es war Sommer, und es war ziemlich warm. Auch die Männer trugen nur ein einziges Kleidungsstück, meist das Fell eines Tieres. Das Haar der Männer und Frauen wurde mit einem Band aus Rohhaut, das um die Stirn gelegt und hinten zusammengebunden wurde, zusammengehalten. In dieses lederne Band wurden Federn, Blumen oder die Schwänze kleiner Säugetiere gesteckt. Alle trugen Halsketten aus den Zähnen oder Krallen wilder Tiere, und es gab zahlreiche metallene Armbänder und Fußkettchen unter ihnen.

Sie trugen in der Tat alle Anzeichen eines höchst primitiven Volkes - einer Spezies, die sich noch nicht zu den Höhen des Ackerbaus oder gar des Besitzes von Haustieren erhoben hatte. Sie waren Jäger - die niedrigste Stufe in der Evolution der menschlichen Spezies, von der die Wissenschaft Kenntnis nimmt.

Und doch, als ich ihre wohlgeformten Köpfe, ihre hübschen Gesichtszüge und ihre intelligenten Augen betrachtete, fiel es mir schwer zu glauben, dass dies nicht mein eigenes Volk war. Erst als ich ihre Lebensweise, ihre spärliche Kleidung, das Fehlen des geringsten Luxus bei ihnen in Betracht zog, musste ich zugeben, dass sie in Wahrheit nur unwissende Wilde waren.

Buckingham hatte mir meine Waffen abgenommen, obwohl er nicht die geringste Ahnung von ihrem Zweck oder ihrer Verwendung hatte, und als wir das Lager erreichten, zeigte er sowohl mich als auch meine Waffen mit jedem Anzeichen von Stolz auf diese große Errungenschaft.

Die Bewohner scharten sich um mich, untersuchten meine Kleidung und riefen bei jeder neuen Entdeckung von Knöpfen, Schnallen, Taschen und Klappen erstaunt auf. Es schien unglaublich, dass so etwas fast einen Steinwurf von dem Ort entfernt sein konnte, an dem nur knapp zwei Jahrhunderte zuvor die größte Stadt der Welt gestanden hatte.

Sie banden mich an einen kleinen Baum, der in der Mitte einer ihrer krummen Straßen wuchs, aber das Mädchen ließen sie frei, sobald wir das Areal betreten hatten. Die Menschen begrüßten sie mit allen Zeichen des Respekts, als sie zu einer großen Hütte in der Nähe des Zentrums des Lagers eilte.

Bald darauf kam sie mit einer gut aussehenden, weißhaarigen Frau zurück, die sich als ihre Mutter herausstellte. Die ältere Frau bewegte sich mit einer königlichen Würde, die an einem Ort von so primitivem Elend recht bemerkenswert schien.

Die Leute traten zur Seite, als sie sich näherte, und machten einen breiten Weg für sie und ihre Tochter frei. Als sie sich genähert hatten und vor mir stehen blieben, sprach mich die ältere Frau an.

"Meine Tochter hat mir erzählt", sagte sie, "wie du sie vor den Männern aus dem Elefantenland gerettet hast. Wenn Wettin leben würde, würde man dich gut behandeln, aber Buckingham hat mich jetzt genommen und ist König. Von einem solchen Tier wie Buckingham kannst du nichts erwarten."

Die Tatsache, dass Buckingham nur einen Schritt von uns entfernt stand und ein interessierter Zuhörer war, schien ihre Äußerungen nicht im Geringsten zu mildern.

"Buckingham ist ein Schwein", fuhr sie fort. "Er ist ein Feigling. Er ist von hinten an Wettin herangetreten und hat ihn mit seinem Speer durchbohrt. Er wird nicht lange König sein. Irgendjemand wird ihm eine Grimasse schneiden, und er wird weglaufen und in den Fluss springen."

Das Volk begann zu kichern und zu klatschen. Buckingham wurde rot im Gesicht. Es war offensichtlich, dass er alles andere als beliebt war.

"Wenn er es wagen würde", fuhr die alte Dame fort, "würde er mich jetzt umbringen, aber er traut sich nicht. Er ist ein zu großer Feigling. Wenn ich dir helfen könnte, würde ich es gerne tun. Aber ich bin nur die Königin - das Vehikel, das dazu beigetragen hat, das königliche Blut aus den Tagen, als Grabritin ein mächtiges Land war, unbefleckt weiterzutragen."

Die Worte der alten Königin hatten eine bemerkenswerte Wirkung auf die Schar der neugierigen Wilden, die mich umringten. In dem Moment, in dem sie entdeckten, dass die alte Königin mir freundlich gesinnt war und dass ich ihre Tochter gerettet hatte, begannen sie, mir ein freundlicheres Interesse entgegenzubringen, und ich hörte, wie viele Worte zu meinen Gunsten gesprochen und Forderungen gestellt wurden, dass mir kein Schaden zugefügt werden sollte.

Doch nun mischte sich Buckingham ein. Er hatte nicht die Absicht, sich seiner Beute berauben zu lassen. Wütend und stürmisch befahl er den Leuten, sich in ihre Hütten zurückzuziehen, und wies gleichzeitig zwei seiner Krieger an, mich in einen Unterstand in einem der Gräben in der Nähe seiner eigenen Unterkunft zu sperren.

Hier warfen sie mich auf den Boden, banden meine Knöchel zusammen und fesselten sie hinten an den Handgelenken. Dort ließen sie mich auf dem Bauch liegen - eine höchst unbequeme und angespannte Position, zu der noch der Schmerz kam, wo die Stricke in mein Fleisch schnitten.

Noch vor wenigen Tagen war mein Geist von der Vorfreude auf den freundlichen Empfang erfüllt gewesen, den ich bei den kultivierten Engländern in London finden würde. Heute würde ich auf dem Ehrenplatz an der Bankettafel eines der exklusivsten Clubs Londons sitzen, gefeiert und gelobt werden.

Die Wirklichkeit! Hier lag ich, an Händen und Füßen gefesselt, zweifellos fast an der Stelle eines Teils des alten London, und doch war alles um mich herum eine urzeitliche Wildnis, und ich war ein Gefangener von halbnackten wilden Männern.

Ich fragte mich, was aus Delcarte, Taylor und Snider geworden war. Würden sie nach mir suchen? Ich fürchtete, dass sie mich nie finden würden, doch wenn sie es täten, was könnten sie gegen diese Horde wilder Krieger ausrichten?

Ich wünschte, ich könnte sie warnen. Ich dachte an das Mädchen - zweifellos könnte sie ihnen eine Nachricht überbringen, aber wie sollte ich mit ihr kommunizieren? Würde sie zu mir kommen, bevor ich getötet wurde? Es schien unwahrscheinlich, dass sie nicht irgendeinen kleinen Versuch machen würde, sich mit mir anzufreunden; doch wie ich mich erinnerte, hatte sie keine Anstalten gemacht, mit mir zu sprechen, nachdem wir das Dorf erreicht hatten. Sie war sofort zu ihrer Mutter geeilt, als sie befreit worden war. Obwohl sie mit der alten Königin zurückgekehrt war, hatte sie auch dann nicht mit mir gesprochen. Ich begann, meine Zweifel zu haben.

Schließlich kam ich zu dem Schluss, dass ich außer der alten Königin absolut keine Freunde hatte. Aus irgendeinem unerklärlichen Grund stieg meine Wut gegen das Mädchen wegen ihrer Undankbarkeit zu kolossalen Ausmaßen an.

Lange Zeit wartete ich darauf, dass jemand in mein Gefängnis käme, den ich bitten könnte, der Königin eine Nachricht zu überbringen, aber ich schien vergessen worden zu sein. Die angespannte Lage, in der ich lag, wurde unerträglich. Ich zappelte und drehte mich, bis es mir gelang, mich teilweise auf die Seite zu drehen, wo ich halb mit dem Gesicht zum Eingang des Unterstandes lag.

In diesem Moment wurde meine Aufmerksamkeit durch den Schatten von etwas erregt, das sich im Graben bewegte, und einen Moment später erschien die Gestalt eines Kindes, das auf allen Vieren kroch, als ein kleines Mädchen mit großen Augen und von kindlicher Neugier getrieben zum Eingang meiner Hütte kroch und vorsichtig und ängstlich hineinspähte.

Ich sprach zunächst nicht, aus Angst, die Kleine zu verscheuchen. Aber als ich mich vergewissert hatte, dass sich ihre Augen ausreichend an das gedämpfte Licht des Innenraums gewöhnt hatten, lächelte ich.

Sofort verschwand der Ausdruck der Angst aus ihren Augen und wurde durch ein erwiderndes Lächeln ersetzt.

"Wer bist du, kleines Mädchen?", fragte ich.

"Mein Name ist Mary", antwortete sie. "Ich bin Victorys Schwester."

"Und wer ist Victory?"

"Du weißt nicht, wer Victory ist?", fragte sie erstaunt.

Ich schüttelte verneinend den Kopf.

"Du hast sie vor den Elefantenleuten gerettet, und trotzdem sagst du, du kennst sie nicht!", rief sie aus.

"Oh, sie ist also Victory, und du bist ihre Schwester! Ich habe ihren Namen noch nie gehört. Deshalb wusste ich auch nicht, wen du meinst", erklärte ich. Hier war genau der richtige Bote für mich. Das Schicksal wurde immer freundlicher.

"Wirst du etwas für mich tun, Mary?", fragte ich.

"Wenn ich kann."

"Geh zu deiner Mutter, der Königin, und bitte sie, zu mir zu kommen", sagte ich. "Ich muss sie um einen Gefallen bitten."

Sie sagte, sie würde es tun, und mit einem Abschiedslächeln verließ sie mich.

Es schien mir, als ob ich viele Stunden auf ihre Rückkehr wartete und vor Ungeduld zitterte. Der Nachmittag verging und die Nacht brach herein, und doch kam niemand in meine Nähe. Meine Entführer brachten mir weder Essen noch Wasser. Ich hatte erhebliche Schmerzen an den Stellen, wo die Rohhautriemen in mein geschwollenes Fleisch schnitten. Ich dachte, dass sie mich entweder vergessen hatten oder dass es ihre Absicht war, mich hier zu lassen, um zu verhungern.

Einmal hörte ich einen großen Aufruhr im Dorf. Die Männer schrien, die Frauen schrien und stöhnten. Nach einiger Zeit legte sich das, und es gab wieder eine lange Zeit der Stille.

Die halbe Nacht muss vergangen sein, als ich ein Geräusch im Graben neben der Hütte hörte. Es ähnelte einem gedämpften Schluchzen. Plötzlich tauchte eine Gestalt auf, die sich in der Dunkelheit hinter der Tür abzeichnete. Sie kroch ins Innere der Hütte.

"Bist du hier?", flüsterte eine kindliche Stimme.

Es war Mary! Sie war zurückgekehrt. Die Fesseln taten mir nicht mehr weh. Die Qualen des Hungers und des Durstes verschwanden. Ich erkannte, dass es die Einsamkeit war, unter der ich am meisten gelitten hatte.

"Mary!", rief ich. "Du bist ein gutes Mädchen. Du bist also doch zurückgekommen. Ich hatte schon geglaubt, du würdest es nicht tun. Hast du meine Nachricht an die Königin überbracht? Wird sie kommen? Wo ist sie?"

Das Schluchzen des Kindes verstärkte sich, und es warf sich auf den schmutzigen Boden der Hütte, anscheinend überwältigt vom Kummer.

"Was ist los?", fragte ich. "Warum weinst du?"

"Die Königin, meine Mutter, wird nicht zu dir kommen", antwortete sie zwischen den Schluchzern. "Sie ist tot. Buckingham hat sie getötet.

Jetzt wird er sich Victory holen, denn Victory ist die Königin. Er hielt uns in unserem Unterschlupf fest, aus Angst, Victory könnte ihm entkommen, aber ich habe ein Loch unter der Rückwand gegraben und bin herausgekommen. Ich bin zu dir gekommen, weil du Victory schon einmal gerettet hast, und ich dachte, du könntest sie wieder retten und mich auch. Sag mir, dass du es tun wirst."

"Ich bin gefesselt und hilflos, Mary", erklärte ich. "Sonst würde ich tun, was ich kann, um dich und deine Schwester zu retten."

"Ich werde dich befreien!", rief das Mädchen und kroch an meine Seite. "Ich werde dich befreien, und dann kannst du kommen und Buckingham erschlagen."

"Mit Vergnügen!" Ich stimmte zu.

"Wir müssen uns beeilen", fuhr sie fort, während sie mit den harten Knoten in der versteiften Rohhaut herumfuchtelte, "denn Buckingham wird bald hinter dir her sein. Er muss den Löwen im Morgengrauen ein Opfer bringen, bevor er den Sieg erringen kann. Die Eroberung einer Königin erfordert ein Menschenopfer!"

"Und ich soll das Opfer sein?", fragte ich.

"Ja", bestätigte sie und zerrte an einem Knoten. "Buckingham will ein Opfer, seit er Wettin getötet hat, damit er meine Mutter erschlagen und den Sieg erringen kann."

Der Gedanke war schrecklich, nicht nur wegen des grässlichen Schicksals, zu dem ich verurteilt war, sondern weil er die traurige Dekadenz einer einstmals erleuchteten Spezies vor Augen führte. In diese Tiefen der Unwissenheit, der Brutalität und des Aberglaubens war die gepriesene Zivilisation des einundzwanzigsten Jahrhunderts in England gestürzt worden, und durch was? Krieg! Ich fühlte, wie die Struktur unserer altehrwürdigen militaristischen Argumente um mich herum zerbröckelte.

Mary mühte sich mit den Fesseln ab, die mich fesselten. Sie erwiesen sich als widerspenstig, trotzten ihren zarten, kindlichen Fingern. Sie versicherte mir jedoch, dass sie mich befreien würde, wenn "sie" nicht zu früh kämen.

Aber, ach, sie kamen. Wir hörten sie den Graben hinunterkommen, und ich bat Mary, sich in einer Ecke zu verstecken, damit sie nicht entdeckt und bestraft würde. Es blieb ihr nichts anderes übrig, und so kroch sie hinter mir weg in die stygische Schwärze.

In diesem Moment traten zwei Krieger ein. Der Anführer wandte eine einzigartige Methode an, um meinen Aufenthaltsort in der Dunkelheit zu entdecken. Er bewegte sich langsam vorwärts, wobei er bösartig vor sich hintrat. Schließlich gab er mir einen Tritt ins Gesicht. Da wusste er, wo ich war.

Einen Augenblick später wurde ich unsanft auf die Füße gerissen. Einer der Burschen blieb stehen und durchtrennte die Fesseln, die meine Knöchel hielten. Ich konnte kaum allein stehen. Die beiden zogen und schleppten mich durch die niedrige Türöffnung und den Graben entlang. Eine Gruppe von vierzig oder fünfzig Kriegern erwartete uns am Rande des Grabens, etwa hundert Meter von der Hütte entfernt.

Die Hände wurden zu uns gesenkt, und wir wurden an die Oberfläche gezogen. Dann begann ein langer Marsch. Wir stolperten durch das taufeuchte Unterholz, wobei unser Weg von einer Schar von Fackelträgern beleuchtet wurde, die uns umringten. Aber die Fackeln waren nicht dazu da, den Weg zu beleuchten - das war nur nebensächlich. Sie wurden getragen, um die riesigen Fleischfresser abzuhalten, die um uns herum stöhnten, fauchten und brüllten.

Die Geräusche waren abscheulich. Das ganze Land schien von Löwen bevölkert zu sein. Gelbgrüne Augen blitzten uns aus der umgebenden Dunkelheit böse an. Meine Eskorte trug lange, schwere Speere. Diese hielten sie stets auf das Tier gerichtet, und aus Gesprächsfetzen, die ich mitbekam, erfuhr ich, dass es gelegentlich einen Löwen geben würde, der sogar den Schrecken des Feuers trotzte, um sich auf die menschliche Beute zu stürzen. Für solche wurden die Speere immer bereitgehalten.

Aber nichts dergleichen geschah während dieses schrecklichen Todesmarsches, und mit den ersten blassen Vorboten der Morgendämmerung erreichten wir unser Ziel - einen offenen Platz inmitten eines verwachsenen Wildwaldes. Hier erhob sich in bröckelnder Pracht das erste Zeugnis, das ich von der alten Zivilisation gesehen hatte, die einst das schöne Land Albion geziert hatte - ein einzelner, von der Zeit abgenutzter Bogen aus Mauerwerk.

"Der Eingang zum Lager der Löwen", murmelte einer aus der Gruppe mit heiserer, ehrfürchtiger Stimme.

Hier kniete die Gruppe nieder, während Buckingham einen seltsamen, gebetsähnlichen Gesang vortrug. Er war ziemlich lang, und ich erinnere mich nur an einen Teil davon, der, wenn ich mich recht erinnere, in etwa wie folgt verlief:

Dann erhob sich die Gruppe und zerrte mich zu dem bröckelnden Bogen, wo sie mich an einem riesigen, korrodierten Ring aus Kupfer befestigten, der an einer in das Mauerwerk eingelassenen Ringschraube baumelte.

Keiner von ihnen, nicht einmal Buckingham, schien irgendeine persönliche Feindseligkeit gegen mich zu empfinden. Sie waren von Natur aus grob und brutal, wie es primitive Menschen seit Anbeginn der Menschheit gewesen sein sollen, aber sie gaben sich keine Mühe, mich zu malträtieren.

Mit Einbruch der Dämmerung schien die Zahl der Löwen um uns herum stark abgenommen zu haben - zumindest machten sie weniger Geräusche - und als Buckingham und seine Gruppe im Wald verschwanden und mich meinem schrecklichen Schicksal überließen, konnte ich das Knurren und Grollen der Tiere hören, das mit dem Klang des Gesangs, den die Gruppe immer noch fortsetzte, abnahm. Es schien, als hätten die Löwen nicht bemerkt, dass ich ihnen zum Frühstück überlassen worden war, und waren stattdessen ihren Verehrern nachgelaufen.

Aber ich wusste, dass die Begnadigung nur von kurzer Dauer sein würde, und obwohl ich nicht sterben wollte, muss ich gestehen, dass ich mir lieber wünschte, die Tortur wäre vorbei und ich könnte die Ruhe des Vergessens genießen.

Die Stimmen der Männer und der Löwen entfernten sich in der Ferne, bis schließlich Stille um mich herum herrschte, unterbrochen nur von den süßen Stimmen der Vögel und dem Seufzen des Sommerwindes in den Bäumen.

Es schien unmöglich zu glauben, dass sich in dieser friedlichen Waldumgebung das Schreckliche ereignen sollte, das mit dem Vorübergehen des nächsten Löwen kommen musste, der zufällig in Sicht- oder Geruchsnähe des bröckelnden Bogens kam.

Ich bemühte mich, die Fesseln loszureißen, aber es gelang mir nur, sie um meine Arme enger zu schnüren. Dann blieb ich lange Zeit passiv und ließ die Szenen meines Lebens vor meinem geistigen Auge Revue passieren.

Ich versuchte mir das Erstaunen, den Unglauben und das Entsetzen vorzustellen, mit dem meine Familie und meine Freunde überwältigt sein würden, wenn für einen Augenblick der Abstand verschwinden würde und sie mich vor den Toren Londons sehen könnten.

Die Tore von London! Wo war die Menge, die nach einer vergnügten oder erholsamen Nacht zu den Märkten des Handels eilte? Wo war das Klirren der Straßenbahngongs, das Kreischen der Motorhupen, das gewaltige Gemurmel eines dichten Gedränges?

Wo waren sie? Und während ich diese Frage stellte, schritt ein einsamer, hagerer Löwe aus dem Dschungelgewirr auf die andere Seite der Lichtung. Majestätisch und geräuschlos auf seinen gepolsterten Füßen bewegte sich der König der Tiere langsam auf die Tore von London und auf mich zu.

Hatte ich Angst? Ich fürchte, dass ich fast Angst hatte. Ich weiß, dass ich dachte, die Angst käme zu mir, und so richtete ich mich auf, zog die Schultern zusammen und schaute dem Löwen direkt in die Augen - und wartete.

Es ist keine schöne Art zu sterben - allein, mit gefesselten Händen, unter den Zähnen und Krallen eines Raubtieres. Nein, es ist keine schöne Art zu sterben, keine angenehme Weise.

Das Tier war auf halbem Weg über die Lichtung, als ich ein leises Geräusch hinter mir hörte. Der Löwe blieb auf der Stelle stehen. Er schlug jetzt seinen Schwanz gegen die Seiten, anstatt nur mit der Rutenspitze zu zucken, und sein leises Stöhnen wurde zu einem donnernden Brüllen.

Als ich meinen Hals reckte, um einen Blick auf das Ding zu erhaschen, das die Wut des Tieres vor mir erregt hatte, sprang es durch das gewölbte Tor und war an meiner Seite - mit aufgesprungenen Lippen und wogendem Busen und zerzaustem Haar - ein gebräunter und lieblicher Anblick für Augen, die die Hoffnung auf Rettung aufgegeben hatten.

Es war Victory, und in ihren Armen umklammerte sie mein Gewehr und meinen Revolver. Ein langes Messer steckte in dem Rehledergürtel, der den Rehlederrock eng um ihre geschmeidigen Gliedmaßen hielt. Sie ließ meine Waffen zu meinen Füßen fallen und schnappte sich das Messer aus seiner Halterung und durchtrennte die Fesseln, die mich hielten. Ich war frei, und der Löwe bereitete sich auf den Angriff vor.

"Lauf!", rief ich dem Mädchen zu, während ich mich bückte und mein Gewehr ergriff. Aber sie stand nur da, an meiner Seite, die entblößte Klinge bereit in ihrer Hand.

Der Löwe sprang jetzt in gewaltigen Sprüngen auf uns zu. Ich hob das Gewehr und schoss. Es war ein Glückstreffer, denn ich hatte keine Zeit, sorgfältig zu zielen, und als das Tier zusammensackte und leblos zu Boden rollte, fiel ich auf die Knie und dankte dem Gott meiner Vorfahren.

Und immer noch auf den Knien drehte ich mich um, nahm die Hand des Mädchens in meine und küsste sie. Sie lächelte daraufhin und legte ihre andere Hand auf meinen Kopf.

"Ihr habt seltsame Sitten in eurem Land", meinte sie.

Ich konnte nicht anders, als darüber zu lächeln, wenn ich daran dachte, wie seltsam es meinen Landsleuten vorkommen würde, wenn sie mich dort auf dem Platz von London knien sähen, wie ich die Hand von Englands Königin küsse.

"Und nun", sagte ich, als ich mich erhob, " musst du in die Sicherheit deines Lagers zurückkehren. Ich werde mit dir gehen, bis du nahe genug bist, um allein in Sicherheit weiterzugehen. Dann werde ich versuchen, zu meinen Kameraden zurückzukehren."

"Ich werde nicht ins Lager zurückkehren", antwortete sie.

"Aber was willst du dann tun?", fragte ich.

"Ich weiß es nicht. Nur werde ich niemals zurückgehen, solange Buckingham lebt. Ich würde lieber sterben, als zu ihm zurückzukehren. Mary kam zu mir, nachdem sie dich aus dem Lager geholt hatten, und erzählte es mir. Ich fand deine seltsamen Waffen und folgte mit ihnen. Es dauerte etwas länger, denn oft musste ich mich zwischen den Bäumen verstecken, damit mich die Löwen nicht erwischten, aber ich kam noch rechtzeitig, und jetzt bist du frei und kannst zu deinen Freunden zurückkehren."

"Und dich hier lassen?", rief ich aus.

Sie nickte, aber ich konnte durch ihre ganze tapfere Fassade hindurchsehen, dass sie sich vor dem Gedanken fürchtete. Ich konnte sie natürlich nicht verlassen, aber was ich tun sollte, belastet mit der Sorge um eine junge Frau, und noch dazu eine Königin, wusste ich nicht. Ich wies sie auf diese Phase hin, aber sie zuckte nur mit ihren wohlgeformten Schultern und deutete auf ihr Messer.

Es war offensichtlich, dass sie sich durchaus in der Lage fühlte, sich selbst zu schützen.

Während wir so dastanden, hörten wir den Klang von Stimmen. Sie kamen aus dem Wald, durch den wir gekommen waren, als wir vom Lager aufbrachen.

"Sie suchen nach mir", sagte das Mädchen. "Wo sollen wir uns verstecken?"

Ich hatte keine Lust, mich zu verstecken. Aber wenn ich an die zahllosen Gefahren dachte, die uns umgaben, und an die verhältnismäßig geringe Menge an Munition, die ich bei mir hatte, zögerte ich, einen Kampf mit Buckingham und seinen Kriegern zu provozieren, wenn ich ihnen durch Flucht ausweichen und meine Patronen für den Notfall aufbewahren konnte, dem man nicht entgehen konnte.

"Würden sie uns dorthin folgen?", fragte ich und deutete durch den Torbogen in das Lager der Löwen.

"Niemals", antwortete sie, "denn erstens wüssten sie, dass wir uns nicht dorthin wagen würden, und zweitens würden sie es selbst nicht wagen."

"Dann werden wir im Lager der Löwen Zuflucht suchen", sagte ich.

Sie erschauderte und rückte näher an mich heran.

"Du wagst es?", fragte sie.

"Warum nicht?", erwiderte ich. "Wir werden vor Buckingham sicher sein, und du hast zum zweiten Mal in zwei Tagen gesehen, dass Löwen vor meinen Waffen harmlos sind. Dann kann ich auch meine Freunde am leichtesten in dieser Richtung finden, denn die Themse fließt durch diesen Ort, den Ihr das Lager der Löwen nennt, und weiter unten an der Themse warten meine Freunde auf mich. Traust du mit mir zu kommen?"

"Ich traue mich, dir zu folgen, wohin du mich führst", antwortete sie schlicht.

Und so wandte ich mich um und durchschritt den großen Bogen in Richtung der Stadt London.

KAPITEL V.

Je tiefer wir in das Gebiet vordrangen, das einst die Stadt gewesen war, desto häufiger wurden die Spuren der einstigen Besiedlung durch den Menschen. Eine Meile vom Torbogen entfernt gab es nur ein Gewirr von Unkraut, Gestrüpp und Bäumen, welches kleine Hügel und kleine Anhöhen bedeckte, die, da war ich mir sicher, aus den Ruinen stattlicher Gebäude der untergegangenen Epoche entstanden waren.

Doch bald kamen wir in einen Bezirk, in dem zertrümmerte Mauern noch immer ihre bröckelnden Spitzen in trauriger Stille über die grasbewachsenen Gräber ihrer gefallenen Kameraden erhoben. Von altem Efeu umrankt und gemildert, standen diese Wächter der Trauer, deren vernarbte Gesichter noch immer die Risse und Wunden von Schrapnells und Bomben verrieten.

Entgegen unseren Erwartungen fanden wir wenig Anzeichen dafür, dass in diesem Teil des alten London Löwen in großer Zahl lauerten. Gut ausgetretene Pfade, geformt von gepolsterten Tatzen, führten durch die höhlenartigen Fenster oder Türöffnungen einiger der Ruinen, an denen wir vorbeikamen, und einmal sahen wir das grimmige Antlitz eines großen, schwarzmähnigen Löwen, der von einem zertrümmerten Steinbalkon auf uns herabstarrte.

Wir folgten dem Ufer der Themse, nachdem wir auf sie gestoßen waren. Ich war begierig, die berühmte Brücke mit eigenen Augen zu sehen, und ich ahnte auch, dass der Fluss mich in den Teil Londons führen würde, wo Westminster Abbey und der Tower standen.

Da ich erkannte, dass der Abschnitt, durch den wir fuhren, zweifellos ein Außenbezirk war und daher nicht so stark mit großen Bauwerken bebaut wie der zentraler gelegene Teil der Altstadt, war ich sicher, dass ich weiter flussabwärts größere Ruinen finden würde. Die Brücke würde zumindest teilweise noch da sein, und so würden auch die Mauern vieler großer Bauwerke der Vergangenheit erhalten geblieben sein. Es gäbe keine so totale Zerstörung der großen Bauwerke, wie ich sie bei den kleineren Gebäuden gesehen hatte.

Aber als ich zu dem Teil der Stadt gekommen war, in dem ich die gesuchten Relikte vermutete, fand ich dort eine noch größere Verwüstung als anderswo.

An einer Stelle am Ufer der Themse erhob sich einige Fuß über dem Wasser ein einzelner, zerfallender Mauerwall. Ihm gegenüber, an beiden

Ufern des Flusses, liegen aufgetürmte Ruinenhaufen, die von Pflanzen überwuchert sind.

Ich bin gezwungen zu glauben, dass dies alles ist, was von der London Bridge übrig geblieben ist, denn nirgendwo sonst entlang des Flusses gibt es auch nur das geringste Anzeichen eines Pfeilers oder Widerlagers.

Als wir die Basis eines großen Haufens grasbewachsener Trümmer umrundeten, stießen wir plötzlich auf die am besten erhaltene Ruine, die wir bisher entdeckt hatten. Die gesamte untere Etage und ein Teil der zweiten Etage dessen, was einmal ein prächtiges öffentliches Gebäude gewesen sein muss, erhob sich von einer großen mit Büschen und Bäumen bewachsenen Böschung, während Efeu, dicht und üppig, bis zum Gipfel der zerborstenen Mauern emporkletterte.

An vielen Stellen lag der graue Stein noch frei, sein glatt gemeißeltes Äußeres war von den Narben der Schlacht gezeichnet. Das massive Portal gähnte düster und traurig vor sich hin und gab einen Blick auf die Marmorhallen im Inneren frei.

Die Versuchung, hineinzugehen, war zu groß. Ich wollte das Innere dieses einen verbliebenen Monuments der Zivilisation erforschen, an das man sich nicht mehr erinnern kann. Durch dasselbe Portal, in eben diesen Marmorsälen, waren vielleicht Gray und Chamberlin und Kitchener und Shaw gekommen und gegangen, zusammen mit den anderen Großen der Vergangenheit.

Ich nahm Victorys Hand in meine.

"Komm!", sagte ich. "Ich weiß weder den Namen, unter dem dieser große Haufen bekannt war, noch den Zweck, den er erfüllte. Es könnte der Palast deiner Väter gewesen sein, Victory. Von einem großen Thron aus mögen deine Vorfahren die Geschicke der halben Welt gelenkt haben. Komm!"

Ich muss gestehen, dass ich ein Gefühl der Ehrfurcht empfand, als wir die Rundhalle des großen Gebäudes betraten. Teile der massiven Möbel aus einer anderen Zeit standen noch dort, wo der Mensch sie vor Jahrhunderten hingestellt hatte. Sie waren mit Staub und abgebrochenem Stein und Putz übersät, aber ansonsten waren sie so perfekt erhalten, dass ich kaum glauben konnte, dass zwei Jahrhunderte vergangen waren, seit menschliche Augen das letzte Mal auf sie gesetzt worden waren.

Wir wanderten Hand in Hand durch einen großen Raum nach dem anderen, während Victory viele Fragen stellte und ich zum ersten Mal etwas von der Pracht und Macht der Spezies, deren Lenden sie entsprungen war, zu begreifen begann.

An den Wänden hingen prächtige Wandteppiche, die inzwischen verschimmelt und verrottet waren. Es gab auch Wandmalereien, die große historische Ereignisse der Vergangenheit darstellten. Zum ersten Mal sah Victory das Abbild eines Pferdes, und ein riesiges Ölgemälde, das den Angriff einer alten Kavallerie auf eine Batterie von Feldgeschützen darstellte, beeindruckte sie sehr.

Auf anderen Bildern waren Dampfschiffe, Schlachtschiffe, U-Boote und malerisch aussehende Eisenbahnzüge zu sehen - alle wirkten klein und antiquiert auf mich, aber für Victory waren sie wunderbar. Sie sagte mir, dass sie am liebsten für den Rest ihres Lebens dort bleiben würde, wo sie sich täglich diese Bilder ansehen könnte.

Wir gingen von Raum zu Raum, bis wir schließlich in eine mächtige Kammer kamen, die dunkel und düster war, denn die hohen und schmalen Fenster waren mit Efeu zugewachsen und verhangen. Wir tasteten uns an einer getäfelten Wand entlang, wobei sich unsere Augen langsam an die Dunkelheit gewöhnten. Ein übler und stechender Geruch durchzog die Atmosphäre.

Wir hatten etwa die Hälfte des Weges durch ein Ende der großen Wohnung zurückgelegt, als ein leises Knurren vom anderen Ende uns erschrocken zum Stehen brachte.

Als ich meine Augen durch die Dunkelheit hindurch anstrengte, konnte ich ein erhöhtes Podest am gegenüberliegenden Ende des Saals ausmachen. Auf dem Podest standen zwei große Stühle mit hohen Lehnen und großen Armlehnen.

Der Thron von England! Aber was waren das für seltsame Gestalten um ihn herum?

Victory drückte mir schnell und aufgeregt die Hand.

"Die Löwen!", flüsterte sie.

Ja, in der Tat, Löwen! Ein Dutzend riesiger Gestalten lagen auf dem Podium, und auf dem Sitz eines der Throne lag ein kleines Jungtier, das sich schlummernd zusammengerollt hatte.

Als wir einen Moment lang wie gebannt vor dem Anblick dieser furchterregenden Kreaturen standen, die die Throne der Herrscher Englands besetzten, wiederholte sich das tiefe Knurren, und ein großes Männchen erhob sich langsam auf seine Füße.

Seine teuflischen Augen bohrten sich durch das Halbdunkel direkt in unsere Richtung. Er hatte die Eindringlinge entdeckt. Welches Recht hatte der Mensch in diesem Palast der Tiere? Wieder öffnete er sein riesiges Maul, und dieses Mal ertönte ein warnendes Brüllen.

Sofort sprangen acht oder zehn der anderen Tiere auf die Beine. Schon bewegte sich der große Kerl, der uns erspäht hatte, langsam in unsere Richtung. Ich hielt mein Gewehr bereit, aber wie nutzlos erschien es angesichts dieser wilden Horde.

Das vorderste Tier brach in einen langsamen Trab aus, und an seinen Fersen kamen die anderen. Alle brüllten jetzt, und der Lärm ihrer großen Stimmen, der durch die Hallen und Gänge des Palastes hallte, bildete den schrecklichsten Chor donnernder Wildheit, den sich der Mensch vorstellen kann.

Und dann stürmte der Anführer los, und über dem grässlichen Tumult brach der scharfe Knall meines Gewehrs, einmal, zweimal, dreimal. Drei Löwen rollten, kämpfend und beißend, zu Boden. Victory ergriff meinen Arm mit einem schnellen "Hier entlang! Hier ist eine Tür", und einen Moment später befanden wir uns in einem winzigen Vorraum am Fuße einer schmalen Steintreppe.

Diese stiegen wir hinauf, Victory direkt hinter mir, als der erste der verbliebenen Löwen aus dem Thronsaal sprang und sich auf die Treppe stürzte. Wieder feuerte ich, aber andere der wilden Tiere sprangen über ihre gefallenen Artgenossen und verfolgten uns.

Die Treppe war sehr schmal - das war alles, was uns rettete, denn als ich langsam nach oben ging, konnte mich nur ein einziger Löwe auf einmal angreifen, und die Kadaver derer, die ich tötete, behinderten die Vorstöße der anderen.

Endlich erreichten wir die Spitze. Dort gab es einen langen Korridor, von dem aus sich viele Türen öffneten. Eine, direkt hinter uns, war fest verschlossen. Wenn wir sie öffnen und in die dahinter liegende Kammer gelangen könnten, würden wir vielleicht eine Atempause vor Angriffen finden.

Die verbliebenen Löwen brüllten entsetzlich. Ich sah einen, der ganz langsam die Treppe zu uns hinaufschlich.

"Versuch diese Tür", rief ich Victory zu. "Schau, ob sie sich öffnen lässt."

Sie rannte darauf zu und drückte.

"Dreh den Knauf!", rief ich, da ich sah, dass sie nicht wusste, wie man eine Tür öffnet, aber sie wusste auch nicht, was ich mit Knauf meinte.

Ich jagte dem sich nähernden Löwen eine Kugel in den Rücken und sprang Victory zur Seite. Die Tür widerstand meinen ersten Bemühungen, sie aufzuschwingen. Verrostete Scharniere und aufgequollenes Holz hielten sie fest verschlossen. Aber schließlich gab sie nach, und gerade als ein weiterer Löwe die Treppe hinaufstieg, schwenkte sie nach innen, und ich schob Victory über die Schwelle.

Dann drehte ich mich um, um dem erneuten Angriff des wilden Feindes zu begegnen. Ein Löwe fiel auf der Stelle, ein anderer stolperte mir vor die Füße, und dann sprang ich hinein und schlug das Portal zu.

Ein kurzer Blick zeigte mir, dass dies die einzige Tür zu der kleinen Wohnung war, in der wir Zuflucht gefunden hatten, und mit einem Seufzer der Erleichterung lehnte ich mich für einen Moment gegen die Paneele der dicken Barriere, die uns von den wütenden Dämonen draußen trennte.

Auf der anderen Seite des Raumes, zwischen zwei Fenstern, stand ein flacher Schreibtisch. Ein kleiner Stapel weißer und brauner Dinge lag darauf, dicht an der gegenüberliegenden Kante. Nach einem Moment der Ruhe durchquerte ich den Raum, um ihn zu untersuchen. Das Weiß waren die gebleichten menschlichen Knochen - Schädel, Schlüsselbein, Arme und ein paar der oberen Rippen eines Mannes. Das Braun war der Staub einer verfallenen Militärmütze und -bluse. In einem Stuhl vor dem Schreibtisch lagen weitere Knochen, während noch mehr den Boden unter dem Schreibtisch und um den Stuhl herum verstreuten. Ein Mann war gestorben, als er dort saß und sein Gesicht in den Armen vergraben hatte - vor zweihundert Jahren.

Unter dem Schreibtisch lagen ein Paar gespornte Militärstiefel, grün und verrottet vor Fäulnis. In ihnen steckten die Beinknochen eines Mannes. Zwischen den winzigen Handknochen lag ein uralter Füllfederhalter, anscheinend so gut wie am Tag seiner Herstellung, und ein mit Metall überzogenes Notizbuch, das über den Knochen eines Zeigefingers geschlossen war.

Es war ein grausiger Anblick - ein jämmerlicher Anblick - dieser einsame Bewohner des mächtigen London.

Ich hob das metallbeschlagene Notizbuch auf. Seine Seiten waren verrottet und zusammengeklebt. Nur hier und da war ein Satz oder ein Teil eines Satzes lesbar. Der erste, den ich lesen konnte, stand in der Mitte des kleinen Bandes:

"Seine Majestät ist heute nach Tunbridge Wells abgereist, er ... jesty war am ... terday erkrankt. Gott gebe, dass sie nicht stirbt ... bin Militärgouverneur von Lon ..."

Und weiter unten:

"Es ist furchtbar ... hundert Tote heute ... schlimmer als das Bombardement ..."

Gegen Ende habe ich Folgendes herausgesucht:

"Ich habe dem Major versprochen, dass er mich hier findet, wenn er sich zurückzieht ... allein."

Die am besten lesbare Passage war auf der nächsten Seite:

"Gott sei Dank haben wir sie vertrieben. Es ist heute kein einziger ... Mann auf britischem Boden; aber zu welch furchtbarem Preis. Ich habe versucht, Sir Phillip zu überreden, die Leute zum Bleiben zu bewegen. Aber sie sind verrückt vor Angst vor dem Tod und vor Wut auf unsere Feinde. Er sagte mir, dass die Küstenstädte überfüllt sind ... und darauf warten, übergesetzt zu werden. Was wird aus England werden, wenn keiner mehr da ist, der die zerstörten Städte wieder aufbaut?"

Und der letzte Eintrag:

"... allein. Nur die wilden Tiere ... Ein Löwe brüllt jetzt unter den Fenstern des Palastes. Ich glaube, die Menschen fürchteten die Tiere noch mehr als den Tod. Aber sie sind weg, alle weg, und wohin? Wie viel bessere Bedingungen werden sie auf dem Kontinent vorfinden? Alle weg - nur ich bleibe. Ich habe es seiner Majestät versprochen, und wenn er zurückkommt, wird er sehen, dass ich treu war, denn ich werde auf ihn warten. Gott schütze den König!"

Das war alles. Dieser tapfere und für immer namenlose Offizier starb edel auf seinem Posten - treu gegenüber seinem Land und seinem König. Es war zweifellos der Tod, der ihn holte.

Einige der Einträge waren datiert worden. Aus den wenigen lesbaren Buchstaben und Zahlen, die übrig geblieben sind, schätze ich, dass das Ende irgendwann im August 2037 kam, aber dessen bin ich mir überhaupt nicht sicher.

Das Tagebuch hat zumindest ein Rätsel aufgeklärt, das mich nicht wenig verwirrt hatte, und nun bin ich überrascht, dass ich nicht selbst auf die Lösung gekommen bin - die Anwesenheit von afrikanischen und asiatischen Tieren in England.

Durch jahrelange Gefangenschaft in den zoologischen Gärten akklimatisiert, waren sie in der Lage, in England das wilde Leben wieder aufzunehmen, für das sie von der Natur vorgesehen waren, und sobald sie in Freiheit waren, hatten sie sich offensichtlich reichlich fortgepflanzt, in deutlichem Gegensatz zu den in Gefangenschaft lebenden Exoten des einundzwanzigsten Jahrhunderts in Pan-Amerika, die allmählich weniger geworden waren, bis sie irgendwann im Laufe des zweiundzwanzigsten Jahrhunderts ausstarben.

Der Palast, falls es ein solcher war, lag nicht weit vom Ufer der Themse entfernt. Der Raum, in dem wir gefangen gehalten wurden, hatte Blick auf den Fluss, und ich beschloss, zu versuchen, in diese Richtung zu entkommen.

Durch den Palast hinabzusteigen, kam nicht in Frage, aber draußen konnten wir keine Löwen entdecken. Die Stämme des Efeus, die am Fenster des Zimmers hochkletterten, waren etwa so dick wie mein Arm. Ich wusste, dass sie unser Gewicht tragen würden, und da wir nichts gewinnen konnten, wenn wir länger im Palast blieben, beschloss ich, über den Efeu abzusteigen und dem Fluss in Richtung der Barkasse zu folgen.

Natürlich war ich durch die Anwesenheit des Mädchens sehr behindert. Aber ich konnte sie nicht im Stich lassen, obwohl ich keine Ahnung hatte, was ich mit ihr machen sollte, nachdem ich wieder bei meinen Begleitern war. Ich war mir sicher, dass sie eine Last und eine Unannehmlichkeit sein würde, aber sie hatte mir auch klargemacht, dass sie niemals zu ihrem Volk zurückkehren würde, um sich mit Buckingham zu paaren.

Ich verdankte ihr mein Leben, und das war, abgesehen von allen anderen Erwägungen, eine ausreichende Forderung an meine Dankbarkeit und meine Ehre, um jede Unannehmlichkeit in diesem Dienst zu ertragen. Außerdem war sie die Königin von England. Aber das bei weitem stärkste Argument zu ihren Gunsten war, dass sie eine Frau in Not war - und eine junge und sehr schöne.

Und so wünschte ich mir zwar tausendmal, sie wäre wieder in ihrem Lager, aber ich ließ es sie nie ahnen, sondern tat alles, was in meiner

Macht stand, um ihr zu helfen und sie zu schützen. Ich danke Gott jetzt, dass ich das getan habe.

Während die Löwen immer noch hinter der verschlossenen Tür hin und her tappten, durchquerten Victory und ich den Raum zu einem der Fenster. Ich hatte ihr meinen Plan geschildert, und sie hatte mir versichert, dass sie ohne Hilfe den Efeu hinunterklettern könnte. Tatsächlich lächelte sie ein wenig über meine Frage.

Ich schwang mich nach außen und begann den Abstieg und war bis auf wenige Meter an den Boden herangekommen, da ich mich gerade gegenüber einem schmalen Fenster befand, als ich durch ein wildes Knurren fast in meinem Ohr aufgeschreckt wurde, und dann schoss eine große, krallenbewehrte Pranke aus der Öffnung, um mich zu ergreifen, und ich sah das knurrende Gesicht eines Löwen in der Schießscharte.

Ich ließ meinen Griff am Efeu los und fiel die restliche Strecke zu Boden, wobei ich nur deshalb nicht verletzt wurde, weil die Pranke des Löwen auf den dicken Efeustamm aufschlug.

Die Kreatur machte jetzt ein furchtbares Getöse, sprang vom Boden aus am breiten Fenstersims hin und her und riss mit seinen Krallen am Mauerwerk, um vergeblich zu versuchen, mich zu erreichen. Aber die Öffnung war zu eng und das Mauerwerk zu fest.

Victory hatte den Abstieg begonnen, aber ich rief ihr zu, sie solle direkt über dem Fenster stehen bleiben, und als der Löwe wieder auftauchte und knurrte, verpasste ich ihm eine 33er-Kugel ins Maul, und im selben Moment schlüpfte Victory schnell an ihm vorbei und ließ sich in meine erhobenen Arme fallen, die sie erwarteten.

Das Gebrüll der Tiere, die uns entdeckt hatten, zusammen mit dem Knall meines Gewehrs hatte das Gleichgewicht der wilden Insassen des Palastes in den furchtbarsten Aufruhr versetzt, den ich je gehört habe.

Ich fürchtete, dass es nicht mehr lange dauern würde, bis die Intelligenz oder der Instinkt sie aus dem Inneren des Palastes locken und sie auf unsere Spur, die am Fluss, setzen würde. Wir hatten ihn kaum erreicht, als ein Löwe um die Ecke des Gebäudes sprang, das wir gerade verlassen hatten, und sich umschaute, als ob er uns suchen würde.

Ihm folgten andere, während Victory und ich uns hinter einem Haufen Büsche in der Nähe des Flussufers versteckten. Die Tiere schnüffelten eine Weile am Boden herum, aber sie wagten sich nicht in die Nähe der Stelle, wo wir unter dem Fenster gestanden hatten, das uns die Flucht ermöglicht hatte.

Plötzlich hob ein schwarzmähniges Männchen den Kopf und starrte mit gespitzten Ohren und glühenden Augen direkt auf den Busch, hinter dem wir lagen. Ich hätte schwören können, dass er uns entdeckt hatte, und als er ein paar kurze, stattliche Schritte in unsere Richtung machte, hob ich mein Gewehr und schoss auf ihn. Aber nach einem langen, angespannten Moment schaute er weg und drehte sich um, um in eine andere Richtung zu blicken.

Ich atmete erleichtert auf, und Victory tat es auch. Ich konnte spüren, wie ihr Körper zitterte, als sie dicht an mich gepresst lag, unsere Wangen berührten sich fast, als wir beide durch die gleiche kleine Öffnung im Laub spähten.

Ich drehte mich um, um ihr ein beruhigendes Lächeln zu schenken, als der Löwe andeutete, dass er uns nicht gesehen hatte, und als ich das tat, drehte auch sie ihr Gesicht zu meinem, zweifellos aus demselben Grund. Wie auch immer, als sich unsere Köpfe gleichzeitig drehten, berührten sich unsere Lippen. Victorys Augen bekamen einen erschrockenen Ausdruck und sie wich in offensichtlicher Verwirrung zurück.

Was mich betrifft, so überkam mich für einen Augenblick das seltsamste Gefühl, das ich je erlebt habe. Ein merkwürdiges Kribbeln durchfuhr meine Adern, und mein Kopf schwirrte. Ich konnte es mir nicht erklären.

Als Navy-Offizier und damit in der besten Gesellschaft der Föderation habe ich natürlich schon viele Frauen kennengelernt. Mit anderen habe ich über die Behauptungen der Gelehrten gelacht, der moderne Mensch sei eine kalte und leidenschaftslose Schöpfung im Vergleich zu den Männern früherer Zeitalter - mit einem Wort, die Liebe als die eine große Leidenschaft habe aufgehört zu existieren.

Ich weiß heute nicht, ob sie nicht fast recht hatten, zumindest was die moderne zivilisierte Frau betrifft. Ich habe viele Frauen geküsst - junge und schöne, mittelalte und alte, und viele, die ich nicht küssen durfte -, aber nie zuvor hatte ich diesen bemerkenswerten und ganz und gar entzückenden Kitzel erlebt, der auf das zufällige Berühren meiner Lippen mit den Lippen von Victory folgte.

Der Vorfall interessierte mich, und ich war versucht, es weiter zu treiben. Aber als ich es versuchen wollte, hielt mich eine andere neue und völlig unerklärliche Kraft zurück. Zum ersten Mal in meinem Leben fühlte ich mich peinlich berührt in der Gegenwart einer Frau.

Was sich weiter hätte entwickeln können, kann ich nicht sagen, denn in diesem Moment entdeckte uns eine perfekte Löwendame mit schärferen Augen als ihr Herr und Meister. Sie kam auf unseren Versteckplatz zu getrabt, knurrte und fletschte ihre gelben Reißzähne.

Ich wartete einen Augenblick, in der Hoffnung, dass ich mich irren würde und sie in eine andere Richtung abbiegen würde. Aber nein - sie steigerte ihren Trab zu einem Galopp, und dann schoss ich auf sie, aber die Kugel, obwohl der Schuss sie voll in die Brust traf, hielt sie nicht auf.

Vor Schmerz und Wut schreiend, flog die Kreatur regelrecht auf uns zu. Hinter ihr kamen andere Löwen. Unser Schicksal schien hoffnungslos. Wir befanden uns am Rande des Flusses. Es schien keinen Ausweg zu geben, und ich wusste, dass selbst mein modernes automatisches Gewehr im Angesicht so vieler dieser wilden Tiere nicht ausreichte.

Zu bleiben, wo wir waren, wäre selbstmörderisch gewesen. Wir standen nun beide, Victory hielt tapfer ihren Platz an meiner Seite, als ich die einzige Entscheidung traf, die mir offenstand.

Ich ergriff die Hand des Mädchens und drehte mich um, gerade als die Löwin in die gegenüberliegende Seite des Gebüschs stürzte, und sprang, Victory hinter mir herziehend, über den Rand des Ufers in den Fluss.

Ich wusste nicht, ob Victory schwimmen konnte, und ich wusste auch nicht, ob Löwen Wasser meiden, aber der sofortige und schreckliche Tod starrte uns ins Gesicht, wenn wir blieben, und so ging ich das Risiko ein.

An dieser Stelle verlief die Strömung dicht am Ufer, so dass wir uns sofort in tiefem Wasser befanden, und zu meiner großen Zufriedenheit holte Victory zu einem kräftigen Überhandschwimmen aus und setzte alle meine Befürchtungen in den Wind.

Aber meine Erleichterung war nur von kurzer Dauer. Diese Löwin war, wie ich schon sagte, ein wahrer Teufel. Sie stand einen Moment lang da und starrte uns an, dann sprang sie wie ein Blitz in den Fluss und schwamm schnell hinter uns her.

Victory war mir eine Länge voraus.

"Schwimme zum anderen Ufer!", rief ich ihr zu.

Ich war durch mein Gewehr sehr behindert, denn ich musste mit einer Hand schwimmen, während ich mich mit der anderen an meine kostbare Waffe klammerte. Das Mädchen hatte gesehen, wie die Löwin ins Wasser ging, und sie hatte auch gesehen, dass ich viel langsamer schwamm als sie, und was tat sie? Sie begann, sich an meine Seite zurückfallen zu lassen.

"Mach weiter!", rief ich. "Geh ans andere Ufer und folge dann hinunter, bis du meine Freunde findest. Erzähle ihnen, dass ich dich geschickt habe, und mit dem Befehl, dass sie dich beschützen sollen. Los, weiter! Mach schon!"

Aber sie wartete nur, bis wir wieder Seite an Seite schwammen, und ich sah, dass sie ihr langes Messer gezogen hatte und es zwischen den Zähnen hielt.

"Tu, was ich dir sage!", befahl ich ihr scharf, aber sie schüttelte den Kopf.

Die Löwin überholte uns schnell. Sie schwamm lautlos, ihr Kinn berührte gerade das Wasser, aber zwischen ihren Lippen strömte Blut hervor. Es war offensichtlich, dass ihre Lunge durchbohrt war.

Sie war fast über mir. Ich sah, dass sie mich in einem Moment mit ihren Vorderpfoten packen oder mich mit ihren großen Kiefern erwischen würde. Ich fühlte, dass meine Zeit gekommen war, aber ich wollte kämpfend sterben. Und so drehte ich mich um und hob, auf dem Wasser stehend, mein Gewehr über den Kopf und wartete auf sie.

Victory, beseelt von einer Tapferkeit, die nicht weniger wild war als die des dummen Tieres, das uns angriff, schwamm direkt auf mich zu. Es geschah alles so schnell, dass ich mich nicht an die Einzelheiten der kaleidoskopischen Aktion erinnern kann, die darauf folgte. Ich weiß nur, dass ich mich aus dem Wasser erhob und dem Tier mit dem Gewehrkolben einen gewaltigen Schlag auf den Schädel versetzte, dass ich Victory mit ihrer langen Klinge in der Hand blitzschnell nach dem Tier stoßen sah, dass eine große Pranke auf ihre Schulter fiel und dass ich wie ein Strohhalm vor dem Bug eines Frachters unter die Wasseroberfläche geschleudert wurde.

Noch immer an mein Gewehr geklammert, richtete ich mich wieder auf, um die Löwin nur eine Armlänge von mir entfernt in ihrem Todeskampf zu sehen. Kaum war ich aufgestanden, drehte sich das Tier auf die Seite, kämpfte einen Moment lang verzweifelt und sank dann.

KAPITEL VI.

Victory war nirgends zu sehen. Allein trieb ich auf dem Strom der Themse. In diesem kurzen Augenblick, glaube ich, erlitt ich mehr seelische Qualen, als ich in der ganzen Zeit meines Lebens vorher oder nachher erlebt habe. Ein paar Stunden zuvor hatte ich mir noch gewünscht, sie los zu sein, und jetzt, wo sie weg war, hätte ich mein Leben dafür gegeben, sie wieder zu haben.

Müde drehte ich mich um, um an die Stelle zu schwimmen, wo sie verschwunden war, in der Hoffnung, dass sie wenigstens einmal auftauchen würde und ich die Möglichkeit hätte, sie zu retten, und als ich mich umdrehte, brodelte das Wasser vor meinem Gesicht und ihr Kopf schoss vor mir hoch. Ich wollte gerade nach ihr greifen, als ein glückliches Lächeln ihre Züge erhellte.

"Du bist nicht tot!", rief sie. "Ich habe den Boden nach dir abgesucht. Ich war mir sicher, dass der Schlag, den sie dir verpasst hat, dich außer Gefecht gesetzt haben muss", und sie blickte sich nach der Löwin um.

"Ist sie weg?", fragte sie.

"Tot", antwortete ich.

"Der Schlag, den du ihr mit dem Ding, das du Gewehr nennst, versetzt hast, hat sie betäubt", erklärte sie, "und dann bin ich nah genug herangeschwommen, um ihr mein Messer ins Herz zu rammen."

Ah, so ein Mädchen! Ich konnte nicht umhin, mich zu fragen, was eine unserer eigenen Pan-Amerikanischen Frauen unter ähnlichen Umständen getan hätte. Aber natürlich sind sie nicht durch die strenge Notwendigkeit geschult worden, mit den Notfällen und Gefahren des wilden Urzeitlebens fertig zu werden.

Entlang des Ufers, das wir gerade verlassen hatten, schritten eine Reihe von Löwen bedrohlich knurrend hin und her. Wir konnten nicht zurückkehren und machten uns auf den Weg zum gegenüberliegenden Ufer. Ich bin ein starker Schwimmer und hatte keinen Zweifel daran, dass ich den Fluss überqueren könnte, aber bei Victory war ich mir nicht so sicher, also schwamm ich dicht hinter ihr, um bereit zu sein, ihr zu helfen, sollte sie es brauchen.

Das tat sie jedoch nicht, sie erreichte das gegenüberliegende Ufer anscheinend so frisch, wie sie ins Wasser gestiegen war. Victory ist ein Wunder. Jeder Tag, an dem wir zusammen waren, brachte neue Beweise dafür. Und es war nicht nur ihr Mut oder ihre Vitalität, die mich verblüfften. Sie hatte einen Kopf auf ihren wohlgeformten Schultern, und Würde! Meine Güte, sie konnte königlich sein, wenn sie wollte!

Sie erzählte mir, dass die Löwen auf dieser Seite des Flusses weniger seien, aber dass es viele Wölfe gäbe, die später im Jahr in großen Rudeln umherziehen. Jetzt waren sie irgendwo im Norden, und wir sollten wenig von ihnen zu befürchten haben, obwohl wir auf einige treffen könnten.

Meine erste Sorge war es, meine Waffen auseinander zu nehmen und zu trocknen, was angesichts der Tatsache, dass jeder Lappen um mich herum durchnässt war, ziemlich schwierig war. Aber schließlich gelang es mir dank der Sonne und viel Reiben, obwohl ich kein Öl hatte, um sie zu schmieren.

Wir aßen einige wilde Beeren und Wurzeln, die Victory gefunden hatte, und machten uns dann wieder flussabwärts auf den Weg, wobei wir auf der einen Seite nach Wild und auf der anderen Seite nach der Barkasse Ausschau hielten, denn ich dachte, dass Delcarte, der während meiner Abwesenheit der natürliche Führer sein würde, die Themse hinauflaufen könnte, um mich zu suchen.

Den Rest des Tages suchten wir vergeblich nach Wild oder nach der Barkasse, und als die Nacht kam, legten wir uns mit leerem Magen zum Schlafen unter die Sterne. Wir waren vor Angriffen wilder Tiere völlig ungeschützt, und aus diesem Grund blieb ich die meiste Zeit der Nacht wach, um Wache zu halten. Aber nichts näherte sich uns, obwohl ich die Löwen auf der anderen Seite des Flusses brüllen hören konnte, und einmal glaubte ich, das Heulen eines Tieres nördlich von uns zu hören - es könnte ein Wolf gewesen sein.

Alles in allem war es eine sehr unangenehme Nacht, und ich beschloss damals, dass ich, falls wir wieder gezwungen sein sollten, draußen zu schlafen, eine Art von Unterschlupf schaffen sollte, der uns vor Angriffen schützen würde, während wir schliefen.

Gegen Morgen döste ich, und die Sonne war bereits aufgegangen, als Victory mich durch sanftes Rütteln an meiner Schulter weckte.

"Antilope!", flüsterte sie mir ins Ohr, und als ich den Kopf hob, zeigte sie flussaufwärts. Ich kroch auf die Knie und schaute in die von ihr angegebene Richtung, um einen Bock zu sehen, der etwa zweihundert Meter von uns entfernt auf einer kleinen Anhöhe stand. Es gab gute Deckung zwischen dem Tier und mir, und obwohl ich ihn auf zweihundert Yards hätte treffen können, zog ich es vor, näher an ihn heranzukriechen und mir das Fleisch zu sichern, nach dem wir beide so lechzten.

Ich hatte etwa fünfzig Meter der Strecke zurückgelegt, und das Tier fraß immer noch friedlich, also dachte ich, dass ich einen noch sichereren Treffer landen würde, wenn ich noch fünfzig Meter weiterginge, als das Tier plötzlich den Kopf hob und flussaufwärts in die andere Richtung sah. Seine ganze Haltung verriet, dass das Tier durch etwas hinter ihm, das ich nicht sehen konnte, aufgeschreckt wurde.

Als ich erkannte, dass es vielleicht ausbrechen und weglaufen würde und ich es dann wahrscheinlich völlig verfehlen würde, hob ich mein Gewehr an die Schulter. Aber noch, während ich das tat, sprang das Tier in die Luft, und gleichzeitig ertönte ein Schuss von jenseits der Kuppe.

Einen Moment lang war ich sprachlos. Wäre der Schuss von flussabwärts gekommen, hätte ich sofort gedacht, dass einer meiner eigenen Männer geschossen hätte. Aber da es von flussaufwärts kam, war ich sehr verwirrt. Wer außer uns von der Coldwater konnte im primitiven England noch Schusswaffen besitzen?

Victory war direkt hinter mir, und ich gab ihr ein Zeichen, sich hinter den Busch zu legen, von dem aus ich gerade auf die Antilope schießen wollte. Wir konnten sehen, dass der Bock vollkommen tot war, und von unserem Versteck aus warteten wir darauf, die Identität seines Jägers zu erfahren, wenn dieser sich nähern und seine Beute einfordern würde.

Wir mussten nicht lange warten, und als ich den Kopf und die Schultern eines Mannes über der Kuppe des Hügels auftauchen sah, sprang ich auf und stieß einen herzlichen Freudenschrei aus, denn es war Delcarte.

Beim Klang meiner Stimme hob Delcarte halb sein Gewehr, um sich auf den Angriff eines Feindes vorzubereiten, aber einen Augenblick später erkannte er mich und kam uns schnell entgegen. Hinter ihm war Snider. Beide waren erstaunt, mich am Nordufer des Flusses zu sehen, und noch viel mehr beim Anblick meiner Begleiterin.

Dann stellte ich ihnen Victory vor und sagte ihnen, dass sie die Königin von England sei. Zuerst dachten sie, ich würde einen Scherz machen. Aber als ich ihnen meine Abenteuer erzählt hatte und sie merkten, dass ich es ernst meinte, glaubten sie mir.

Sie erzählten mir, dass sie mir an die Küste gefolgt waren, als ich von der Jagd nicht zurückkam, dass sie den Männern des Elefantenlandes begegnet seien und einen kurzen und einseitigen Kampf mit den Burschen gehabt hätten. Und dass sie danach mit einem Gefangenen zur Barkasse zurückgekehrt seien, von dem sie erfuhren, dass ich wohl von den Männern des Löwenlandes gefangen worden sei.

Mit dem Gefangenen als Führer hatten sie sich flussaufwärts auf die Suche nach mir gemacht, waren aber durch Motorprobleme stark aufgehalten worden und hatten schließlich nach Einbruch der Dunkelheit eine halbe Meile oberhalb der Stelle, wo Victory und ich die Nacht verbracht hatten, ihr Lager aufgeschlagen. Sie müssen in der Dunkelheit an uns vorbeigefahren sein, und warum ich das Geräusch der Schiffsschraube nicht hörte, weiß ich nicht, es sei denn, sie fuhr zu einem Zeitpunkt an mir vorbei, als die Löwen auf der gegenüberliegenden Seite einen ungewöhnlich ohrenbetäubenden Krach machten.

Die Antilope mitnehmend, kehrten wir alle zur Barkasse zurück, wo wir Taylor ebenso erfreut vorfanden, mich wieder lebendig zu sehen, wie es Delcarte gewesen war. Ich kann nicht wahrheitsgemäß behaupten, dass Snider große Begeisterung über meine Rettung zeigte.

Taylor hatte die Zutaten für den chemischen Treibstoff gefunden, und die Destillation dieser Zutaten war zusammen mit dem Motorproblem der Grund für die Verzögerung, mit der sie sich auf die Suche nach mir machten.

Der Gefangene, den Delcarte und Snider mitgenommen hatten, war ein kräftiger junger Bursche aus dem Elefantenland. Trotz der Tatsache, dass sie ihm alle das Gegenteil versichert hatten, konnte er nicht glauben, dass wir ihn nicht töten würden.

Er versicherte uns, sein Name sei Sechsunddreißig, und da er nicht weiter als bis zehn zählen konnte, bin ich sicher, dass er keine Vorstellung von der richtigen Bedeutung des Wortes hatte und dass es ihm entweder von der Militärnummer eines Vorfahren überliefert worden war, der während des Großen Krieges in den englischen Reihen gedient hatte, oder dass es ursprünglich die Nummer eines berühmten Regiments war, mit dem ein Vorfahr gekämpft hatte.

Nun, da wir wieder vereint waren, hielten wir einen Rat ab, um zu entscheiden, welchen Weg wir in nächster Zeit einschlagen sollten. Snider war immer noch dafür, in See zu stechen und nach Pan-Amerika zurückzukehren, aber das bessere Urteilsvermögen von Delcarte und Taylor machte den Vorschlag zu einer Farce - wir hätten keine vierzehn Tage zu leben gehabt.

In England zu bleiben, ständig bedroht von wilden Tieren und ebenso wilden Menschen, erschien mir ebenso schlimm. Ich schlug vor, den Kanal zu überqueren und herauszufinden, ob wir auf dem Kontinent nicht ein aufgeklärteres und zivilisierteres Volk entdecken könnten. Ich war mir sicher, dass irgendeine Spur der alten Kultur und Größe Europas noch vorhanden sein musste. Deutschland würde wahrscheinlich so sein, wie es im einundzwanzigsten Jahrhundert war, denn wie die meisten Pan-Amerikaner war ich überzeugt, dass Deutschland den Großen Krieg als Gewinner überstanden hatte. Snider lehnte diesen Vorschlag ab. Er sagte, es sei schon schlimm genug, so weit gekommen zu sein. Er wolle es nicht noch schlimmer machen, indem er auf den Kontinent gehe. Das Ergebnis war, dass ich schließlich die Geduld verlor und ihm sagte, dass er von nun an das tun würde, was ich für das Beste hielt - dass ich vorschlug, das Kommando über die Gruppe zu übernehmen, und dass sie sich alle als unter meinem Befehl stehend betrachten könnten, genauso, als ob wir noch an Bord der Coldwater und in Pan-Amerikanischen Gewässern wären.

Delcarte und Taylor versicherten mir sofort, dass sie nicht einen Augenblick lang etwas anderes angenommen hätten und dass sie genauso bereit seien, mir hier zu folgen und zu gehorchen, wie sie es auf der anderen Seite der Dreißig tun würden.

Snider sagte nichts, aber er machte einen mürrischen Gesichtsausdruck. Und ich wünschte mir in diesem Augenblick, wie schon zuvor und noch viel mehr später, dass das Schicksal nicht bestimmt hätte, dass er an jenem denkwürdigen Tag, an dem wir das letzte Mal die Coldwater verließen, zufällig zur Barkasse gehörte.

Victory, die in unseren Beratungen ein Mitspracherecht hatte, war ganz dafür, auf den Kontinent zu gehen, oder überhaupt irgendwo hin, wo sie neue Sehenswürdigkeiten sehen und neue Abenteuer erleben konnte.

"Danach können wir nach Grabritin zurückkehren", sagte sie, "und wenn Buckingham nicht tot ist und wir ihn von seinen Männern wegfangen und töten können, dann kann ich zu meinem Volk zurückkehren, und wir können alle in Frieden und Glück leben."

Sie sprach von der Tötung Buckinghams mit nicht größerer Besorgnis, als man sie beim Gedanken an die Vernichtung eines Schafes empfinden könnte; dennoch war sie weder grausam noch rachsüchtig. In der Tat ist Victory eine sehr liebe und weibliche Frau. Aber ein Menschenleben ist jenseits der Dreißig von geringem Wert - ein Vermächtnis aus den blutigen Tagen, als Tausende von Menschen zwischen dem Aufgang und dem Untergang einer Sonne in den Schützengräben umkamen, als man sie der Länge nach in dieselben Gräben legte und mit Erde bestreute, während die Deutschen ihre Leichen wie Holz zusammenschnürten und in Brand setzten, als Frauen und Kinder und alte Männer abgeschlachtet und große Passagierschiffe ohne Vorwarnung torpediert wurden.

Sechsunddreißig, endlich davon überzeugt, dass wir nicht vorhatten, ihn zu töten, war genauso scharf darauf, uns zu begleiten wie Victory.

Die Überfahrt zum Kontinent war ereignislos, ihre Eintönigkeit wurde jedoch durch die kindliche Freude von Victory und 36 an der neuartigen Erfahrung, sicher auf dem Schoß des Wassers zu fahren und so weit vom Land entfernt zu sein, gemildert.

Mit der Ausnahme von Snider schien die kleine Gruppe in bester Laune zu sein, lachte und scherzte oder diskutierte interessiert über die Möglichkeiten, die die Zukunft für uns bereithielt: was wir auf dem Kontinent vorfinden würden und ob die Bewohner zivilisierte oder barbarische Völker sein würden.

Victory bat mich, den Unterschied zwischen den beiden zu erklären, und als ich dies so deutlich wie möglich zu tun versuchte, brach sie in ein fröhliches Lachen aus.

"Oh", rief sie, "dann bin ich eine Barbarin!"

Ich konnte nicht anders, als ebenfalls zu lachen, als ich zugab, dass sie tatsächlich eine Barbarin sei. Sie war nicht beleidigt und hielt die Sache für einen großen Scherz. Aber einige Zeit danach saß sie schweigend da, offenbar tief in Gedanken versunken. Schließlich sah sie zu mir auf, ihre starken weißen Zähne schimmerten hinter ihren lächelnden Lippen.

"Nimmst du das Ding, das du 'Rasiermesser' nennst", sagte sie, "und schneidest dem Sechsunddreißigsten die Haare aus dem Gesicht und tauschst mit ihm die Kleider, so wärst du der Barbar und Sechsunddreißig der zivilisierte Mensch. Es gibt keinen anderen Unterschied zwischen euch, außer euren Waffen. Kleide dich in ein Wolfsfell, gib dir ein Messer und einen Speer und setze dich in den Wäldern von Grabritin ab - was würde dir deine Zivilisation nützen?"

Delcarte und Taylor lächelten über ihre Antwort, aber Sechsunddreißig und Snider lachten schallend. Ich war nicht überrascht über Sechsunddreißig, aber ich fand, dass Snider lauter lachte, als der Anlass es rechtfertigte. Tatsächlich schien es mir, dass Snider jede noch so kleine Gelegenheit nutzte, um Ungehorsam zu zeigen, und ich beschloss daraufhin, beim ersten wirklichen Verstoß gegen die Disziplin Maßnahmen zu ergreifen, die Snider für immer daran erinnern würden, dass ich immer noch sein kommandierender Offizier war.

Ich konnte nicht umhin zu bemerken, dass seine Augen viel auf Victory gerichtet waren, und das gefiel mir nicht, denn ich wusste, was für ein Mensch er war. Aber da es nicht nötig war, das Mädchen jemals mit ihm allein zu lassen, machte ich mir keine Sorgen um ihre Sicherheit.

Nach dem Vorfall mit der Diskussion über die Barbaren dachte ich, dass sich Victorys Verhalten mir gegenüber merklich veränderte. Sie hielt sich von mir fern und setzte sich, als Snider am Steuer saß, neben ihn, unter dem Vorwand, sie wolle lernen, wie man die Barkasse steuert. Ich fragte mich, ob sie die Antipathie des Mannes gegen mich erraten hatte und seine Gesellschaft nur deshalb suchte, um mich zu reizen.

Auch Snider nutzte seine Chance voll aus. Oft beugte er sich zu dem Mädchen, um ihr ins Ohr zu flüstern, und er lachte viel, was bei Snider ungewöhnlich war.

Mir war das natürlich völlig gleichgültig; doch aus irgendeinem unerklärlichen Grund irritierte mich der Anblick der beiden, die so dicht beieinandersaßen und die Gesellschaft des anderen so sehr zu genießen schienen, ungeheuer und versetzte mich in eine so schlechte Stimmung, dass ich die letzten Stunden der Überfahrt überhaupt nicht mehr genießen konnte.

Wir wollten in der Nähe der Stätte des alten Ostende anlanden. Aber als wir uns der Küste näherten, entdeckten wir keinen Hinweis auf menschliche Behausungen, geschweige denn eine Stadt. Nachdem wir angelegt hatten, fanden wir die gleiche heulende Wildnis um uns herum vor, die wir auf der britischen Insel entdeckt hatten. Es gab nicht den geringsten Hinweis darauf, dass der zivilisierte Mensch jemals einen Fuß auf diesen Teil des europäischen Kontinents gesetzt hatte.

Obwohl ich seit unserer Erfahrung in England so viel befürchtet hatte, konnte ich nicht umhin, ein Gefühl ausgeprägter Enttäuschung und schwerste Zukunftsängste zu empfinden, die eine mentale Depression hervorriefen, die durch die anhaltende Vertrautheit zwischen Victory und Snider in keiner Weise aufgelöst wurde.

Ich war wütend auf mich selbst, dass ich es zuließ, dass diese Angelegenheit mich so beeinflusste, wie sie es getan hatte. Ich wollte mir nicht eingestehen, dass ich auf diese unkultivierte kleine Wilde wütend war, dass es für mich den geringsten Unterschied machte, was sie tat oder nicht tat, oder dass ich mich so herablassen konnte, persönliche Feindschaft gegen einen gewöhnlichen Seemann zu empfinden. Und doch, um ehrlich zu sein, tat ich beides.

Da wir an der Stelle, wo Ostende einst gestanden hatte, nichts fanden, was uns zurückhielt, fuhren wir die Küste hinauf auf der Suche nach der Mündung des Rheins, den ich auf der Suche nach zivilisierten

Menschen zu befahren gedachte. Es war meine Absicht, den Rhein so weit zu erforschen, wie uns die Barkasse hinaufbringen würde. Wenn wir dort keine Zivilisation finden würden, würden wir zur Nordsee zurückkehren, weiter die Küste hinauf zur Elbe fahren und diesem Fluss und den Kanälen von Berlin folgen. Zumindest hier war ich sicher, dass wir finden würden, was wir suchten - und wenn nicht, dann war ganz Europa in die Barbarei zurückgefallen.

Das Wetter blieb schön, und wir kamen ausgezeichnet voran, aber überall am Rhein entlang trafen wir auf die gleiche Enttäuschung - kein Zeichen eines zivilisierten Menschen, in der Tat, überhaupt kein Zeichen eines Menschen.

Ich genoss die Erkundung des modernen Europas nicht so, wie ich es erwartet hatte - ich war unglücklich. Auch Victory schien sich verändert zu haben. Am Anfang hatte ich ihre Gesellschaft genossen, aber seit der Reise über den Kanal hatte ich mich von ihr ferngehalten.

Ihr Kinn war die meiste Zeit in der Luft, und doch glaube ich eher, dass sie ihre Freundlichkeit gegenüber Snider bedauerte, denn ich bemerkte, dass sie ihn völlig mied. Er hingegen, ermutigt durch ihre frühere Freundlichkeit, suchte jede Gelegenheit, in ihrer Nähe zu sein. Ich hätte mir nichts sehnlicher gewünscht, als eine einigermaßen gute Ausrede, um ihm den Kopf einzuschlagen; doch paradoxerweise schämte ich mich dafür, dass ich ihm irgendeinen bösen Willen entgegenbrachte. Ich merkte, dass mit mir etwas nicht stimmte, aber ich wusste nicht, was es war.

So blieb es einige Tage, und wir setzten unsere Reise rheinaufwärts fort. In Köln hatte ich gehofft, einige beruhigende Hinweise zu finden, aber es gab kein Köln. Und da es bis dahin keine anderen Städte entlang des Flusses gegeben hatte, war die Verwüstung unendlich größer, als es die Zeit allein vermocht hätte. Große Geschütze, Bomben und Minen müssen jedes Gebäude eingeebnet haben, das der Mensch errichtet hatte, und dann hatte die Natur, ungehindert, den grausigen Beweis menschlicher Verderbtheit mit ihrem schönen Mantel aus Grün bedeckt. Prachtvolle Bäume erhoben ihre stattlichen Wipfel, wo einst prächtige Kathedralen ihre Kuppeln aufgerichtet hatten, und süße Wildblumen blühten in schlichter Gelassenheit auf dem Boden, der einst mit Menschenblut getränkt war.

Die Natur hatte sich zurückerobert, was der Mensch ihr einst gestohlen und geschändet hatte. Eine Herde Zebras graste dort, wo einst der Bundespräsident möglicherweise die Truppen inspiziert hatte. Eine Antilope ruhte friedlich in einem Bett aus Gänseblümchen, wo vielleicht vor zweihundert Jahren ein großes Geschütz seine schrecklichen Botschaften des Todes, des Hasses, der Zerstörung gegen die Werke des Menschen und Gottes gleichermaßen schmetterte.

Wir brauchten frisches Fleisch, doch ich zögerte, die ruhige und friedliche Gelassenheit der Aussicht mit dem Knall eines Gewehrs und der Tötung eines dieser schönen Geschöpfe zu durchbrechen, die vor uns standen. Aber es musste getan werden - wir mussten essen. Ich überließ die Arbeit jedoch Delcarte, und im Nu hatten wir zwei Antilopen und die Landschaft für uns allein.

Nachdem wir gegessen hatten, bestiegen wir die Barkasse und fuhren weiter flussaufwärts. Zwei Tage lang fuhren wir durch eine urwüchsige Wildnis. Am Nachmittag des zweiten Tages landeten wir am Westufer des Flusses und ließen Snider und 36 zurück, um Victory und das Boot zu bewachen, während Delcarte, Taylor und ich uns auf die Suche nach Wild machten.

Wir stapften mehr als eine Stunde lang vom Fluss weg, bevor wir etwas entdeckten, und dann nur einen kleinen Rothirsch, den Taylor mit einem sauberen Schuss aus zweihundert Metern Entfernung zur Strecke brachte. Es wurde schon zu spät, um weiterzugehen, also bauten wir eine Trage, und die beiden Männer trugen das Reh zurück zur Barkasse, während ich hundert Meter vorauslief, in der Hoffnung, noch etwas für unsere Speisekammer zu erbeuten.

Wir hatten etwa die Hälfte der Strecke bis zum Fluss zurückgelegt, als ich plötzlich einem Mann gegenüberstand. Er sah genauso primitiv und ungehobelt aus wie die Grabritin - ein zotteliger, ungepflegter Wilder, bekleidet mit einem Hemd aus Tierhaut mit aufgesetztem Kopf, wobei Letzterer seinen eigenen Kopf überragte und eine Haube bildete, was ihm ein äußerst furchterregendes und wildes Aussehen verlieh.

Der Kerl war mit einem langen Speer und einer Keule bewaffnet, wobei Letztere von einem ledernen Riemen um seinen Hals über seinen Rücken baumelte. Seine Füße steckten in Ledersandalen.

Als er mich erblickte, hielt er einen Augenblick inne, drehte sich dann um und tauchte in den Wald, und obwohl ich ihm beruhigend auf Englisch zurief, kehrte er nicht zurück, und ich sah ihn auch nicht wieder.

Der Anblick des wilden Mannes ließ mich wieder hoffen, dass wir anderswo Menschen in einem höheren Zivilisationszustand finden würden - es war die Gesellschaft zivilisierter Menschen, nach der ich mich sehnte - und so ging ich mit leichterem Herzen weiter in Richtung des Flusses und der Barkasse.

Ich war noch ein Stück vor Delcarte und Taylor, als ich wieder in Sichtweite des Rheins kam. Aber ich kam an das Ufer, bevor ich bemerkte, dass mit der Gruppe, die wir ein paar Stunden zuvor dort zurückgelassen hatten, etwas nicht stimmte.

Mein erstes Anzeichen für das Unglück war das Fehlen der Barkasse an ihrem früheren Liegeplatz. Und dann, einen Moment später, entdeckte ich den Körper eines Mannes am Ufer liegen. Ich lief darauf zu und sah, dass es Sechsunddreißig war, und als ich anhielt und den Kopf des Grabritin in meine Arme hob, hörte ich ein schwaches Stöhnen über seine Lippen kommen. Er war nicht tot, aber dass er schwer verletzt war, war nur allzu offensichtlich.

Delcarte und Taylor kamen einen Moment später, und wir drei kümmerten uns um den Kerl, in der Hoffnung, ihn wiederzubeleben, damit er uns sagen konnte, was geschehen war und was aus den anderen geworden war. Mein erster Gedanke wurde durch den Eindruck, den ich kurz zuvor von dem wilden Eingeborenen gewonnen hatte, hervorgerufen. Die kleine Gruppe war offensichtlich überrascht worden, und bei dem Angriff waren sechsunddreißig verwundet und die anderen gefangen genommen worden. Der Gedanke war fast wie ein physischer Schlag ins Gesicht - er betäubte mich. Victory in den Händen dieser abgrundtiefen Bestien! Es war furchtbar. Ich schüttelte den armen Sechsunddreißig fast, als ich versuchte, ihn wiederzubeleben.

Ich erklärte den anderen meine Theorie, und dann zerschmetterte Delcarte sie mit einer einzigen Handbewegung. Er zog das Löwenfell beiseite, das die halbe Brust des Grabritin bedeckte, und enthüllte ein sauberes, rundes Loch in der Brust von Sechsunddreißig - ein Loch, das von keiner anderen Waffe als einem Gewehr verursacht worden sein konnte.

"Snider!", rief ich aus. Delcarte nickte. Etwa zur gleichen Zeit flatterten die Augenlider des Verwundeten und hoben sich. Er blickte zu uns auf, und ganz langsam kehrte das Licht des Bewusstseins in seine Augen zurück.

"Was ist passiert, Sechsunddreißig?", fragte ich ihn.

Er versuchte zu antworten, aber die Anstrengung verursachte einen Hustenanfall, der eine Blutung in der Lunge hervorrief, und wieder fiel er erschöpft zurück. Mehrere lange Minuten lag er wie ein Toter, dann sprach er in einem fast unhörbaren Flüsterton.

"Snider -." Er hielt inne, versuchte erneut zu sprechen, hob eine Hand und zeigte flussabwärts. "Sie - sind zurückgegangen", und dann zuckte er krampfhaft und starb.

Keiner von uns äußerte seinen Glauben. Aber ich glaube, sie waren sich einig: Victory und Snider hatten die Barkasse gestohlen und uns im Stich gelassen.

KAPITEL VII.

Wir standen da, versammelt um den Körper des toten Grabritin, und blickten vergeblich den Fluss hinunter zu der Stelle, wo er eine Viertelmeile unterhalb von uns eine abrupte Biegung nach Westen machte und aus dem Blickfeld verschwand, als erwarteten wir, den Missetäter mit unserer kostbaren Barkasse zu uns zurückkehren zu sehen - das Ding, das für uns in dieser unfreundlichen, wilden Welt Leben oder Tod bedeutete.

Ich fühlte, statt zu sehen, wie Taylor seine Augen langsam auf mein Profil richtete, und als meine Augen sich zu ihm hinwandten, erinnerte mich der Ausdruck in seinem Gesicht an meine Pflicht und Verantwortung als Offizier.

Die völlige Hoffnungslosigkeit, die sich in seinem Gesicht widerspiegelte, muss das Gegenstück zu dem gewesen sein, was ich selbst fühlte, aber in diesem kurzen Augenblick beschloss ich, meine eigenen Bedenken zu verbergen, um den anderen Mut zu machen.

"Wir sind verloren", stand so deutlich auf Taylors Gesicht geschrieben, als wären seine Züge die gedruckten Worte auf einem aufgeschlagenen Buch. Er dachte an die Barkasse, und nur an die Barkasse. Und ich? Ich versuchte zu glauben, dass ich es tat. Aber ein größerer Kummer, als der Verlust der Barkasse in mir hätte hervorrufen können, erfüllte mein Herz - ein mürrisches, nagendes Elend, das ich zu leugnen versuchte - das ich mir nicht eingestehen wollte - das mich aber immer wieder bedrängte, bis mein Herz sich erhob und meine Kehle zuschnürte und ich nicht mehr sprechen konnte, obwohl ich meinen Gefährten Worte der Beruhigung hätte zukommen lassen müssen.

Und dann überkam mich Wut - Wut auf den gemeinen Verräter, der drei seiner Landsleute in einer so furchtbaren Lage im Stich gelassen hatte. Ich versuchte, die gleiche Wut gegen die Frau zu empfinden, aber irgendwie konnte ich es nicht und suchte weiter nach Entschuldigungen für sie - ihre Jugend, ihre Unerfahrenheit, ihre Wildheit.

Meine aufsteigende Wut fegte meine vorübergehende Hilflosigkeit hinweg. Ich lächelte und sagte Taylor, er solle nicht so mürrisch aussehen.

"Wir werden ihnen folgen", sagte ich, "und die Chancen stehen gut, dass wir sie einholen werden. Sie werden nicht so schnell fahren, wie Snider wahrscheinlich hofft. Die Barkasse muss den Windungen des Flusses folgen; wir können Abkürzungen nehmen, während sie den Umweg fahren. Ich habe meine Karte - Gott sei Dank! Ich trage sie immer bei mir - und mit ihr und dem Kompass werden wir einen Vorteil gegenüber ihnen haben."

Meine Worte schienen die beiden aufzumuntern, und sie waren sofort bereit, die Verfolgung aufzunehmen. Es gab keinen Grund für eine Verzögerung, und wir machten uns flussabwärts auf den Weg. Während wir weiterzogen, diskutierten wir eine Frage, die jedem von uns durch den Kopf ging - was wir mit Snider machen sollten, wenn wir ihn gefangen genommen hatten, denn mit der Verfolgung war die optimistische Überzeugung gekommen, dass wir Erfolg haben würden. In der Tat, wir mussten Erfolg haben. Allein der Gedanke, für den Rest unseres Lebens in dieser völligen Wildnis zu versauern, war unmöglich.

In der Frage von Sniders Bestrafung kamen wir zu keinem eindeutigen Ergebnis, denn Taylor war dafür, ihn zu erschießen, Delcarte bestand darauf, ihn zu hängen, während ich, obwohl ich mir der Schwere seines Vergehens voll bewusst war, mich nicht dazu durchringen konnte, die Todesstrafe auszusprechen.

Ich fragte mich, welchen Reiz Victory an einem Mann wie Snider gefunden hatte, und warum ich darauf bestand, Entschuldigungen für sie zu finden und zu versuchen, ihre unentschuldbare Tat zu verteidigen. Für mich war sie ein Nichts. Abgesehen von der natürlichen Dankbarkeit, die ich für sie empfand, da sie mir das Leben gerettet hatte, schuldete ich ihr nichts. Sie war eine halbnackte kleine Wilde - ich, ein Gentleman und Offizier in der größten Navy der Welt. Es konnte keine engen Interessenbindungen zwischen uns geben.

Obwohl ich versuchte, meine Gedanken auf andere Dinge zu lenken, kehrte ich immer wieder zu der Vision eines ovalen, sonnengebräunten Gesichts zurück, mit lächelnden Lippen, die weiße, gleichmäßige Zähne zeigten, mit tapferen Augen, die keinen Schatten von Arglist verbargen, und mit einer wirbelnden Haarpracht, die das schönste Bild krönte, auf dem meine Augen je geruht hatten.

Jedes Mal, wenn sich dieser Anblick bot, fühlte ich, wie ich vor Wut und Hass gegen Snider kalt wurde. Ich konnte der Barkasse verzeihen, aber wenn er ihr Unrecht getan hatte, sollte er sterben - er sollte durch meine eigene Hand sterben; dazu war ich entschlossen.

Zwei Tage lang folgten wir dem Fluss nach Norden, wobei wir abschnitten, wo wir konnten, uns aber größtenteils auf die Wildpfade beschränkten, die parallel zum Fluss verliefen. Eines Nachmittags überquerten wir einen schmalen Landstrich, der uns viele Meilen ersparte, wo sich der Fluss nach Westen und wieder zurück wand.

Hier beschlossen wir anzuhalten, denn wir hatten einen anstrengenden Tag hinter uns, und wenn ich die Wahrheit sage, glaube ich, dass wir alle die Hoffnung aufgegeben hatten, die Barkasse anders als durch den geringsten Zufall zu überholen.

Kurz vor unserem Halt hatten wir einen Hirsch geschossen, und während Taylor und Delcarte ihn zubereiteten, ging ich zum Wasser hinunter, um unsere Feldflaschen zu füllen. Ich war gerade fertig und wollte mich aufrichten, als mir etwas auffiel, das in einer Biegung oberhalb von mir schwamm. Einen Moment lang konnte ich dem Zeugnis meiner eigenen Sinne nicht glauben. Es war ein Boot.

Ich rief nach Delcarte und Taylor, die mir zur Seite liefen.

"Die Barkasse!", rief Delcarte; und tatsächlich, es war die Barkasse, die oberhalb von uns flussabwärts trieb. Wo war sie gewesen? Wie hatten wir sie überholt? Und wie sollten wir sie jetzt erreichen, wenn Snider und das Mädchen uns entdeckten?

"Es treibt", sagte Taylor. "Ich sehe niemanden darin."

Ich zog mich aus, und Delcarte folgte bald meinem Beispiel. Ich sagte Taylor, er solle mit der Kleidung und den Gewehren an Land bleiben. Er könnte uns dort auch besser dienen, denn es würde ihm die Möglichkeit geben, auf Snider zu schießen, sollte der Mann uns entdecken und sich zeigen.

Mit kräftigen Zügen schwammen wir in die Richtung der entgegenkommenden Barkasse. Da ich ein stärkerer Schwimmer als Delcarte war, lag ich bald weit in Führung und erreichte die Mitte des Flusses, gerade als die Barkasse auf mich zusteuerte. Sie trieb mit der Breitseite nach vorne. Ich hielt mich am Dollbord fest und richtete mich schnell auf, so dass mein Kinn die Seite überragte. Ich erwartete einen Schlag in dem Moment, in dem ich in Sichtweite der Insassen kam, aber es fiel kein Schlag.

Snider lag allein auf dem Rücken auf dem Boden des Bootes. Noch bevor ich hineingeklettert war und mich über ihn beugte, wusste ich, dass er tot war. Ohne ihn weiter zu untersuchen, lief ich nach vorne zum Steuerpult und drückte den Startknopf. Zu meiner Erleichterung reagierte der Mechanismus - die Barkasse war unversehrt. Ich drehte mich um und holte Delcarte herein. Er war erstaunt über den Anblick, der sich ihm bot, und machte sich sofort daran, Sniders Körper auf Lebenszeichen oder eine Erklärung für die Art und Weise, wie er zu Tode kam, zu untersuchen.

Der Mann war schon seit Stunden tot - er war kalt und regungslos. Aber Delcartes Suche war nicht ergebnislos, denn über Sniders Herz befand sich eine Wunde, ein Schlitz von etwa einem Zoll Länge - ein Schlitz, wie ihn ein scharfes Messer machen würde -, und in den toten Fingern einer Hand war eine Strähne langen braunen Haares festgehalten - Victorys Haar war braun.

Man sagt, dass Tote keine Geschichten erzählen, aber Snider erzählte die Geschichte seines Endes so klar, als hätten sich die toten Lippen geteilt und die Wahrheit herausgesprudelt. Die Bestie hatte das Mädchen angegriffen, und sie hatte ihre Ehre verteidigt.

Wir begruben Snider am Ufer des Rheins, und kein Stein markiert seine letzte Ruhestätte. Biester brauchen keine Grabsteine.

Dann setzten wir in die Barkasse und drehten ihr die Nase stromaufwärts. Als ich Delcarte und Taylor gesagt hatte, dass ich nach dem Mädchen suchen wollte, hatte keiner von beiden widersprochen.

"Wir hatten sie falsch eingeschätzt", sagte Delcarte, "und das Mindeste, was wir zur Sühne tun können, ist, sie zu finden und zu retten."

Wir riefen alle paar Minuten laut ihren Namen, während wir flussaufwärts fuhren, aber obwohl wir den ganzen Weg zu unserem früheren Lagerplatz zurückkehrten, fanden wir sie nicht. Ich beschloss daraufhin, den Weg zurückzugehen und Taylor das Boot steuern zu lassen, während Delcarte und ich auf gegenüberliegenden Seiten des Flusses einen Hinweis über die Stelle suchten, an der Victory gelandet war.

Wir fanden nichts, bis wir eine Stelle erreichten, die einige Meilen oberhalb der Stelle lag, an der ich die Barkasse zum ersten Mal auf uns zu treiben gesehen hatte, und dort entdeckte ich die Überreste eines kürzlichen Lagerfeuers.

Dass Victory Feuerstein und Stahl bei sich trug, war mir bekannt, und dass sie es war, die das Feuer gemacht hatte, war mir sicher. Aber in welche Richtung war sie gegangen, seit sie hier haltgemacht hatte?

Würde sie weiter flussabwärts gehen, um sich auf diese Weise ihrem eigenen Grabritin zu nähern, oder würde sie versuchen, uns flussaufwärts zu suchen, wo sie uns zuletzt gesehen hatte?

Ich hatte Taylor gerufen und ihn über den Fluss geschickt, um Delcarte zu holen, damit die beiden sich zu mir gesellen und meine Entdeckung und unsere zukünftigen Pläne besprechen konnten.

Während ich auf die beiden wartete, blickte ich über den Fluss, mit dem Rücken zu den Wäldern, die sich hinter mir nach Osten hin erstreckten. Delcarte war gerade dabei, in die Barkasse auf der gegenüberliegenden Seite des Flusses zu steigen, als ich ohne die geringste Vorwarnung gewaltsam an beiden Armen und um die Hüfte gepackt wurde - drei oder vier Männer stürzten sich sofort auf mich; mein Gewehr wurde mir aus den Händen gerissen und mein Revolver aus meinem Gürtel.

Ich wehrte mich einen Augenblick lang, aber als ich merkte, dass meine Bemühungen vergeblich waren, hörte ich auf und drehte meinen Kopf, um einen Blick auf meine Angreifer zu werfen. Gleichzeitig liefen einige andere von ihnen vor mir herum, und zu meinem Erstaunen sah ich uniformierte Soldaten, bewaffnet mit Gewehren, Revolvern und Säbeln, aber mit Gesichtern so schwarz wie Kohle.

KAPITEL VIII.

Delcarte und Taylor waren gerade in der Mitte des Flusses und näherten sich uns, und ich rief ihnen zu, sie sollten sich zurückhalten, bis ich wüsste, ob die Absichten meiner Entführer freundlich seien oder nicht. Meine guten Männer wollten angreifen und die Schwarzen erledigen. Aber es waren mehr als hundert von ihnen, alle gut bewaffnet, und so befahl ich Delcarte, sich aus der Gefahrenzone herauszuhalten und zu bleiben, wo er war, bis ich ihn brauchte.

Ein junger Offizier rief und winkte ihnen zu. Aber sie weigerten sich zu kommen, und so gab er Befehle, die dazu führten, dass meine Hände auf dem Rücken gefesselt wurden, woraufhin die Kompanie wegmarschierte, geradewegs in Richtung Osten.

Ich bemerkte, dass die Männer Sporen trugen, was mir seltsam vorkam. Aber als wir am späten Nachmittag bei ihrem Lager ankamen, entdeckte ich, dass meine Entführer Kavalleristen waren.

In der Mitte einer Ebene stand eine Befestigungsanlage mit einem Blockhaus an jeder seiner vier Ecken. Als wir uns näherten, sah ich eine Herde von Kavalleriepferden, die unter Bewachung vor den Pfahlmauern grasten. Es waren kleine, stämmige Pferde, aber die verräterischen Sattelgallen verkündeten ihre Bestimmung. An einem hohen Stab innerhalb der Palisade wehte eine Fahne, die ich noch nie gesehen oder gehört hatte.

Wir marschierten direkt in das Gelände, wo die Kompanie entlassen wurde, mit Ausnahme einer Wache von vier Gefreiten, die mich im Gefolge des jungen Offiziers begleiteten. Dieser führte uns über einen kleinen Exerzierplatz, auf dem eine Batterie leichter Feldgeschütze aufgestellt war, zu einem Blockhaus, vor dem sich der Fahnenmast erhob.

Ich wurde in das Gebäude zu einem älteren Schwarzen eskortiert, einem gut aussehenden Mann mit einer würdevollen und militärischen Haltung. Er war ein Oberst, wie ich später erfahren sollte, und ihm verdanke ich die sehr humane Behandlung, die mir zuteilwurde, während ich sein Gefangener war.

Er hörte sich den Bericht seines Untergebenen an und wandte sich dann an mich, um mich zu befragen, aber mit keinem besseren Ergebnis, als es der Erstere erreicht hatte. Dann rief er einen Sanitäter und gab einige Anweisungen. Der Soldat salutierte, verließ den Raum und kehrte nach etwa fünf Minuten mit einem stark behaarten alten Weißen zurück - genau so einem wilden, urzeitlich aussehenden Kerl, wie ich ihn an dem Tag, als Snider mit der Barkasse verschwunden war, im Wald entdeckt hatte.

Der Oberst erwartete offenbar, den Kerl als Dolmetscher zu benutzen, aber als der Wilde mich ansprach, war es in einer Sprache, die mir ebenso fremd war wie die der Schwarzen. Schließlich gab der alte Offizier es auf und gab kopfschüttelnd die Anweisung, mich zu entfernen.

Von seinem Büro aus wurde ich zu einem Wachhaus geführt, in dem ich etwa fünfzig halbnackte Weiße fand, die mit den Fellen wilder Tiere bekleidet waren. Ich versuchte, mich mit ihnen zu unterhalten, aber nicht einer von ihnen verstand Pan-Amerikanisch, noch konnte ich ihren Jargon entziffern.

Mehr als einen Monat lang blieb ich dort Gefangener und arbeitete von morgens bis abends bei Gelegenheitsarbeiten rund um das Hauptquartier des kommandierenden Offiziers. Die anderen Gefangenen arbeiteten härter als ich, und meine bessere Behandlung verdanke ich einzig und allein der Freundlichkeit und Menschenkenntnis des alten Obersts.

Was aus Victory, aus Delcarte, aus Taylor geworden war, konnte ich nicht wissen; noch schien es wahrscheinlich, dass ich es jemals erfahren würde. Ich war sehr deprimiert. Aber ich vertrieb mir die Zeit damit, die mir übertragenen Aufgaben nach bestem Wissen und Gewissen zu erfüllen und zu versuchen, die Sprache meiner Entführer zu lernen.

Wer sie waren oder woher sie kamen, war für mich ein Rätsel. Dass sie der Außenposten einer mächtigen schwarzen Nation waren, schien wahrscheinlich, doch wo der Sitz dieser Nation lag, konnte ich nicht erraten.

Sie sahen die Weißen als ihre Untergebenen an und behandelten uns entsprechend. Sie hatten ihre eigene Literatur, und viele der Männer, sogar die einfachen Soldaten, waren alles verschlingende Leser. Alle zwei Wochen trabte ein staubbedeckter Kavallerist auf seinem müden Reittier zum Posten und lieferte einen prall gefüllten Postsack im Hauptquartier ab. Am nächsten Tag ritt er auf einem frischen Pferd weiter in Richtung Süden, um die Briefe der Soldaten an ihre Freunde in dem fernen, geheimnisvollen Land zu überbringen, aus dem sie alle gekommen waren.

Truppen, manchmal beritten und manchmal zu Fuß, verließen täglich den Posten, um, wie ich annahm, Patrouille zu gehen. Ich schätzte, dass die kleine Truppe von tausend Mann hier stationiert war, um die Autorität einer fernen Regierung in einem eroberten Land aufrechtzuerhalten. Später erfuhr ich, dass meine Vermutung richtig war, und dass dies nur einer von vielen ähnlichen Posten war, die die neue Grenze der schwarzen Nation, in deren Hände ich gefallen war, säumten.

Langsam lernte ich ihre Sprache, so dass ich verstehen konnte, was vor mir gesagt wurde, und mich verständlich machen konnte. Ich hatte von Anfang an gesehen, dass ich wie ein Sklave behandelt wurde - dass alle Weißen, die in die Hände der Schwarzen fielen, so behandelt wurden.

Fast täglich wurden neue Gefangene hereingebracht, und etwa drei Wochen nachdem ich auf den Posten gebracht worden war, kam ein Trupp Kavallerie aus dem Süden, um eine der dort stationierten Truppen abzulösen. Es herrschte großer Jubel im Lager nach der Ankunft der Neuankömmlinge, alte Freundschaften wurden erneuert und neue geschlossen. Aber am glücklichsten waren die Männer der Truppe, die abgelöst werden sollte.

Am nächsten Morgen brachen sie auf, und als sie auf den Exerzierplatz getrieben wurden, wurden wir Gefangenen aus unseren Quartieren herausgeholt und vor ihnen aufgereiht. Ein paar lange Ketten wurden gebracht, mit Ringen in den Gliedern alle paar Meter. Zuerst konnte ich den Zweck dieser Ketten nicht erraten. Aber ich sollte es bald lernen.

Ein paar Soldaten legten den ersten Ring um den Hals eines kräftigen weißen Sklaven, und einer nach dem anderen wurden wir auf unsere Plätze getrieben, und die Fesselung von Hals zu Hals wurde begonnen.

Der Oberst stand da und beobachtete die Prozedur. Plötzlich fiel sein Blick auf mich, und er sprach mit einem jungen Offizier an seiner Seite. Dieser trat auf mich zu und forderte mich auf, ihm zu folgen. Ich tat dies und wurde zurück zum Oberst geführt.

Als der Oberst mich fragte, ob ich es vorziehen würde, als sein Leibdiener auf dem Posten zu bleiben, erklärte ich mich so nachdrücklich wie möglich dazu bereit, denn ich hatte genug von der Brutalität der gewöhnlichen Soldaten gegenüber ihren weißen Sklaven gesehen, um keine Lust zu haben, einen Marsch von unbekannter Länge anzutreten, angekettet am Hals und angetrieben von den großen Peitschen, die einige der Soldaten trugen, um die Geschwindigkeit ihrer Schützlinge zu beschleunigen.

Etwa dreihundert Gefangene, die in sechs Gefängnissen auf dem Stützpunkt untergebracht waren, marschierten an diesem Morgen aus den Toren, zu welchem Schicksal und welcher Zukunft, konnte ich nicht erraten. Auch die armen Teufel selbst hatten nur eine vage Vorstellung von dem, was ihnen bevorstand, außer dass sie anderswo in der Sklaverei weitermachen sollten, die sie seit ihrer Gefangennahme durch ihre schwarzen Eroberer kannten - eine Sklaverei, die andauern würde, bis der Tod sie befreite.

Meine Position auf dem Posten änderte sich. Ich arbeitete nicht mehr im Büro des Hauptquartiers, sondern wurde in die Wohnräume des Obersts versetzt. Ich hatte größere Freiheiten und schlief nicht mehr in einem der Gefängnisse, sondern hatte ein kleines Zimmer für mich allein neben der Küche des Blockhauses des Obersts.

Mein Herr war immer freundlich zu mir, und unter ihm lernte ich schnell die Sprache meiner Entführer und vieles über sie, was mir vorher ein Rätsel gewesen war. Sein Name war Abu Belik. Er war ein Oberst in der Kavallerie von Abessinien, einem Land, von dem ich mich nicht erinnern kann, jemals etwas gehört zu haben, von dem mir Oberst Belik aber versicherte, dass es das älteste zivilisierte Land der Welt sei.

Oberst Belik wurde in Adis Abeba, der Hauptstadt des Reiches, geboren und hatte bis vor Kurzem das Kommando über die Palastwache des Kaisers. Eifersucht und der Ehrgeiz und die Intrigen eines anderen Offiziers hatten ihn die Gunst des Kaisers gekostet, und er war als Zeichen des Missfallens seines Herrschers auf diesen Grenzposten versetzt worden.

Etwa fünfzig Jahre zuvor war der junge Kaiser, Menelek XIV, ehrgeizig. Er wusste, dass jenseits des Wassers, weit nördlich von seiner Hauptstadt, eine große Welt lag. Einmal hatte er die Wüste durchquert und auf das blaue Meer geblickt, das die nördliche Grenze seines Herrschaftsgebiets bildete.

Dort lag eine weitere Welt, die es zu erobern galt. Menelek beschäftigte sich mit dem Bau einer großen Flotte, obwohl sein Volk keine seefahrende Spezies war. Seine Armee zog nach Europa. Es stieß auf wenig Widerstand, und seit fünfzig Jahren verschoben seine Soldaten die Grenzen immer weiter nach Norden.

"Die gelben Männer aus dem Osten und Norden machen uns jetzt unsere Rechte streitig", sagte der Oberst, "aber wir werden siegen - wir werden die Welt erobern und das Christentum zu allen geplagten Heiden Europas und auch Asiens bringen."

"Ihr seid ein christliches Volk?", fragte ich.

Er sah mich überrascht an und nickte bejahend mit dem Kopf.

"Ich bin auch ein Christ", sagte ich. "Mein Volk ist das mächtigste auf der Erde."

Er lächelte und schüttelte nachsichtig den Kopf, wie ein Vater zu einem Kind, das sein kindliches Urteil gegen das der Älteren aufstellt.

Dann setze ich an, um meinen Standpunkt zu beweisen. Ich erzählte ihm von unseren Städten, von unserer Armee, von unserer großen Navy. Er kam gleich wieder auf mich zu und fragte nach Zahlen, und als er fertig war, musste ich zugeben, dass wir nur in unserer Navy zahlenmäßig überlegen waren.

Menelek XIV. ist der unangefochtene Herrscher des gesamten afrikanischen Kontinents, des gesamten alten Europas mit Ausnahme der britischen Inseln, Skandinaviens und des östlichen Russlands, und er hat große Besitztümer und blühende Kolonien in dem, was einst Arabien und die Türkei in Asien waren.

Er hat ein stehendes Heer von zehn Millionen Mann, und sein Volk besitzt Sklaven - weiße Sklaven - in einer Zahl von zehn oder fünfzehn Millionen.

Oberst Belik war jedoch sehr überrascht, von der großen Nation jenseits des Ozeans zu erfahren, und als er herausfand, dass ich ein Navy-Offizier war, war er geneigt, mir noch mehr Beachtung zu schenken als zuvor. Es fiel ihm schwer, meine Behauptung zu glauben, dass es in meinem Land nur wenige Schwarze gäbe und dass diese eine niedrigere soziale Stufe als die Weißen einnähmen.

Genau das Gegenteil ist in Oberst Beliks Land der Fall. Er betrachtete die Weißen als minderwertige Wesen, als Geschöpfe einer niedrigeren Ordnung, und versicherte mir, dass selbst die wenigen weißen Freien in Abessinien nie auch nur annähernd eine soziale Gleichstellung mit den Schwarzen erfuhren. Sie leben in den ärmeren Vierteln der Städte, in kleinen weißen Kolonien, und ein Schwarzer, der eine Weiße heiratet, wird gesellschaftlich geächtet.

Die Waffen und die Munition der Abessinier sind den unseren weit unterlegen, dennoch sind sie gegen die schlecht bewaffneten Barbaren Europas ungeheuer effektiv. Ihre Gewehre sind von einem Typ, der den Magazingewehren des einundzwanzigsten Jahrhunderts in Pan-Amerika ähnelt, aber sie tragen nur fünf Patronen im Magazin, zusätzlich zu der einen im Patronenlager. Sie sind von außergewöhnlicher Länge, sogar die der Kavallerie, und von extremer Genauigkeit.

Die Abessinier selbst sind eine gut aussehende Spezies schwarzer Männer - groß, muskulös, mit feinen Zähnen und regelmäßigen Gesichtszügen, die deutlich zu semitischen Formen neigen - ich beziehe mich auf die reinen Einheimischen von Abessinien. Sie sind die Patrizier, die Aristokratie. Die Armee wird fast ausschließlich von ihnen geführt. Unter den Soldaten überwiegt ein niedrigerer Typus von Schwarzafrikanern, mit dickeren Lippen und breiteren, flacheren Nasen. Diese Männer werden, so erzählte mir der Oberst, aus den eroberten Stämmen Afrikas rekrutiert. Sie sind gute Soldaten - tapfer und loyal. Sie können lesen und schreiben, und sie sind mit einem Selbstvertrauen und Stolz ausgestattet, der, wenn ich die Worte der alten afrikanischen Entdecker lese, ihren frühesten Vorfahren gefehlt haben muss. Im Großen und Ganzen ist es offensichtlich, dass die schwarze Spezies in den letzten zwei Jahrhunderten unter Männern ihrer eigenen Hautfarbe viel besser gediehen ist als unter der Vorherrschaft der Weißen während der gesamten bisherigen Geschichte.

Ich war über einen Monat lang Gefangener auf dem kleinen Grenzposten, als der Befehl an Oberst Belik kam, mit dem größten Teil seines Kommandos zur Ostgrenze zu eilen und nur eine Truppe als Garnison im Fort zurückzulassen. Als sein Leibdiener begleitete ich ihn auf einem feurigen kleinen abessinischen Pony.

Wir marschierten zehn Tage lang zügig durch das Herz des alten Deutschlands und hielten an, wenn die Nacht uns in der Nähe von Wasser führte. Oft kamen wir an kleinen Posten vorbei, die denen ähnelten, in denen das Regiment des Obersten einquartiert gewesen war, und fanden in jedem Fall nur eine einzige Kompanie oder Truppe zur Verteidigung übrig, da der Rest nach Nordosten abgezogen worden war, in dieselbe Richtung, in die wir uns bewegten.

Natürlich hatte mir der Oberst die Art seiner Befehle nicht anvertraut. Aber die Schnelligkeit unseres Marsches und die Tatsache, dass alle verfügbaren Truppen nach Nordosten geeilt wurden, versicherten mir, dass eine Angelegenheit von lebenswichtiger Bedeutung für die Herrschaft von Menelek XIV. in diesem Teil Europas drohte oder bereits ausgebrochen war.

Ich konnte nicht glauben, dass ein einfaches Aufbäumen der wilden Stämme der Weißen die Mobilisierung einer solchen Streitmacht erfordern würde, wie wir sie gegenwärtig von Süden her in unseren Pfad einströmen sahen. Es waren große Verbände von Kavallerie und Infanterie, endlose Ströme von Artilleriewagen und Geschützen und unzählige von Pferden gezogene Planwagen, beladen mit Lagerausrüstung, Munition und Proviant.

Hier sah ich zum ersten Mal Kamele, große Karawanen von ihnen, die alle Arten von schweren Lasten trugen, und kilometerweit Elefanten, die ähnliche Dienste leisteten. Es war eine Szene von wundersamer und barbarischer Pracht, denn die Männer und Tiere aus dem Süden waren fröhlich und farbenfroh gekleidet, in deutlichem Kontrast zu den grauen, uniformierten Kräften der Grenze, mit denen ich vertraut war.

Das Gerücht erreichte uns, dass Menelek selbst kommen würde, und der Grad der Aufregung, zu dem diese Ankündigung die Truppen anhob, war kaum weniger als ein Wunder - zumindest für einen meiner Spezies und Nationalität, deren Herrscher jahrhundertelang nur einfache Menschen gewesen waren, die ihr Amt nach dem Willen des Volkes für ein paar kurze Jahre innehatten.

Als ich Zeuge davon wurde, konnte ich nur darüber spekulieren, welche moralische Wirkung die Anwesenheit eines Herrschers inmitten einer Schlacht auf seine Truppen hat. Wenn im Krieg zwischen den Truppen einer Republik und eines Imperiums ansonsten keine Unterschiede bestehen, könnte dann nicht dieser begeisterte mentale Zustand, der aufseiten der kaiserlichen Truppen fast einer Hysterie gleichkommt, den Soldaten eines Präsidenten schwer zusetzen? Das ist die Frage.

Aber wenn der Kaiser zufällig abwesend wäre? Was dann? Das frage ich mich auch.

Am elften Tag erreichten wir unser Ziel - eine ummauerte Grenzstadt mit etwa zwanzigtausend Einwohnern. Wir fuhren an einigen Seen vorbei und überquerten einige alte Kanäle, bevor wir die Stadttore erreichten. Im Inneren gab es neben den Fachwerkgebäuden viele, die aus alten Ziegeln und gut behauenen Steinen gebaut waren. Mir wurde gesagt, dass diese aus den Ruinen der alten Stadt stammen, die einst an der Stelle der heutigen Stadt stand.

Der Name der Stadt, aus dem Abessinischen übersetzt, ist Neu-Gondar. Sie steht, davon bin ich überzeugt, auf den Ruinen des alten Berlins, der einstigen Hauptstadt des alten Deutschlands, aber außer dem alten Baumaterial, das in der neuen Stadt verwendet wurde, gibt es keine Überreste der früheren Stadt.

Am Tag nach unserer Ankunft war die Stadt fröhlich mit Fahnen, Luftschlangen, prächtigen Teppichen und Bannern geschmückt, denn das Gerücht hatte sich bewahrheitet - der Kaiser kam.

Oberst Belik hatte mir die größte Freiheit gewährt und mir erlaubt, zu gehen, wohin ich wollte, nachdem ich meine wenigen Pflichten erfüllt hatte. Infolge seiner Freundlichkeit verbrachte ich viel Zeit damit, in Neu-Gondar herumzuwandern, mit den Einwohnern zu sprechen und die Stadt der Schwarzen zu erkunden.

Da man mir eine halbmilitärische Uniform gegeben hatte, die Abzeichen trug, die anzeigten, dass ich ein Leibdiener eines Offiziers war, behandelten mich sogar die Schwarzen mit einer Art Respekt, obwohl ich an ihrem Verhalten erkennen konnte, dass ich wirklich wie der Dreck unter ihren Füßen war. Sie beantworteten meine Fragen höflich genug, aber sie ließen sich nicht auf ein Gespräch mit mir ein. Von anderen Sklaven erfuhr ich den Klatsch und Tratsch der Stadt.

Truppen strömten aus dem Westen und Süden herein und strömten nach Osten hinaus. Ich fragte einen alten Sklaven, der den Dreck in den Rinnen der Straße zu kleinen Haufen zusammenfegte, wohin die Soldaten gingen. Er schaute mich überrascht an.

"Natürlich, um die gelben Männer zu bekämpfen", sagte er. "Sie haben die Grenze überquert und marschieren auf Neu-Gondar zu."

"Wer wird siegen?", fragte ich.

Er zuckte mit den Schultern. "Wer weiß?", sagte er. "Ich hoffe, dass es die gelben Männer sein werden, aber Menelek ist mächtig - es wird viele gelbe Männer brauchen, um ihn zu besiegen."

Auf den Bürgersteigen hatten sich Menschenmengen versammelt, um den Einzug des Kaisers in die Stadt zu sehen. Ich nahm meinen Platz unter ihnen ein, obwohl ich Menschenmengen hasse, und ich bin froh, dass ich es tat, denn ich wurde Zeuge eines solchen Spektakels barbarischer Pracht, wie es kein anderer Pan-Amerikaner je gesehen hat.

Über die breite Hauptstraße, die einst die historische Straße Unter den Linden gewesen sein mag, zog ein glanzvoller Zug. An der Spitze ritt ein Regiment rot gekleideter Husaren - gewaltige Kerle, schwarz wie die Nacht. Es gab Truppen von Schützen, die auf Kamelen ritten. Der Kaiser ritt in einer goldenen Hautevolee auf dem Rücken eines riesigen Elefanten, der so reich behangen und mit funkelnden Edelsteinen verziert war, dass kaum mehr als die Augen und Füße des Tieres zu sehen waren.

Menelek war ein ziemlich grobschlächtig aussehender Mann, weit über das mittlere Alter hinaus, aber er trug sich mit einer Würde, wie es sich für einen Mann gehörte, der in ununterbrochener Linie vom Auserwählten abstammte - was er auch behauptete.

Seine Augen waren hell, aber verschlagen, und seine Gesichtszüge verrieten sowohl Sinnlichkeit als auch Grausamkeit. In seiner Jugend mag er ein ziemlich gut aussehender Schwarzer gewesen sein, aber als ich ihn sah, war seine Erscheinung abstoßend, zumindest für mich.

Dem Kaiser folgte ein Regiment nach dem anderen aus den verschiedenen Waffengattungen, darunter auch Batterien von Feldgeschützen, die auf Elefanten montiert waren.

In der Mitte der Truppen, die dem kaiserlichen Elefanten folgten, marschierte eine große Karawane von Sklaven. Der alte Straßenkehrer an meiner Seite erzählte mir, dass dies die Geschenke waren, die von den Kommandanten der Grenzposten aus den weit entfernten Bezirken herbeigebracht wurden. Die meisten von ihnen waren Frauen, die, wie mir gesagt wurde, für die Häuser des Kaisers und seiner Günstlinge bestimmt waren. Mein alter Gefährte ballte die Fäuste, als er diese armen weißen Frauen in ihr schreckliches Schicksal marschieren sah, und obwohl ich seine Gefühle teilte, war ich genauso machtlos, ihr Schicksal zu ändern wie er.

Eine Woche lang strömten die Truppen in Neu-Gondar ein und aus - immer aus dem Süden und Westen, aber immer in Richtung Osten. Jedes neue Kontingent brachte seine Geschenke für den Kaiser mit. Aus dem Süden brachten sie Teppiche, Ornamente und Juwelen, aus dem Westen Sklaven, denn die Kommandanten der westlichen Grenzposten hatten nichts anderes zu bringen.

Aus der Anzahl der Frauen, die sie brachten, schätzte ich, dass sie die Schwäche ihres kaiserlichen Herrn kannten.

Und dann begannen Soldaten aus dem Osten zu kommen, aber nicht mit der fröhlichen Zuversicht derer, die aus dem Süden und Westen kamen - nein, diese anderen kamen in gedeckten Wagen, blutgetränkt und leidend. Sie kamen zuerst in kleinen Gruppen von acht oder zehn, dann kamen sie in fünfzig, in hundert, und eines Tages wurden tausend verstümmelte und sterbende Männer nach Neu-Gondar gekarrt.

Das war der Moment, in dem Menelek XIV. unruhig wurde. Fünfzig Jahre lang hatten seine Armeen erobert, wohin sie auch marschiert waren. Anfangs hatte er sie persönlich angeführt, neuerdings genügte seine Anwesenheit im Umkreis von hundert Meilen der Kampflinie für große Gefechte - bei kleineren war nur das Wissen notwendig, dass sie für den Ruhm ihres Herrschers kämpften, um Siege zu erringen.

Eines Morgens wurde Neu-Gondar durch das Dröhnen von Kanonen geweckt. Es war die erste Andeutung, die die Stadtbewohner erhalten hatten, dass der Feind die kaiserlichen Truppen in die Stadt zurückdrängte. Staubbedeckte Kuriere galoppierten von der Front heran. Frische Truppen eilten aus der Stadt, und gegen Mittag ritt Menelek, umgeben von seinem Stab, hinaus.

Drei Tage lang konnten wir den Kanonendonner und das Spucken der Handfeuerwaffen hören, denn die Schlachtlinie war kaum zwei Meilen von Neu-Gondar entfernt. Die Stadt war voll mit Verwundeten. Draußen waren die Soldaten damit beschäftigt, Erdwälle zu errichten. Es war auch für den am wenigsten Aufgeklärten offensichtlich, dass Menelek weitere Rückschläge erwartete.

Und dann fielen die kaiserlichen Truppen auf diese neuen Verteidigungsanlagen zurück, oder besser gesagt, sie wurden vom Feind zurückgedrängt. Granaten begannen, innerhalb der Stadt zu fallen. Menelek kehrte zurück und bezog sein Hauptquartier in dem steinernen Gebäude, das Palast genannt wurde. In dieser Nacht kam es zu einer Feuerpause - es war ein Waffenstillstand vereinbart worden.

Oberst Belik rief mich gegen sieben Uhr zu sich, um ihn für eine Veranstaltung im Palast anzuziehen. Inmitten von Tod und Niederlage war der Kaiser im Begriff, seinen Offizieren ein großes Bankett zu geben. Ich sollte meinen Herrn begleiten und ihn bedienen - ich, Jefferson Turck, Leutnant in der Pan-Amerikanischen Navy!

In der Abgeschiedenheit des Oberstquartiers hatte ich mich an meine niederen Pflichten gewöhnt, die mir durch die natürliche Freundlichkeit meines Herrn erleichtert wurden, aber der Gedanke, in der Öffentlichkeit als gewöhnlicher Sklave aufzutreten, widerte jeden feinen Trieb in mir an. Dennoch blieb mir nichts anderes übrig, als zu gehorchen.

Ich kann mich auch jetzt noch nicht zu einer Schilderung der Demütigung durchringen, die ich in jener Nacht erlebte, als ich in stummer Unterwürfigkeit hinter meinem schwarzen Herrn stand, ihm den Wein einschenkte, sein Fleisch zerschnitt und ihn mit einem großen, gefiederten Fächer zu fächelte.

So sehr ich ihn lieb gewonnen hatte, ich hätte ihm ein Messer in den Leib stoßen können, so sehr empfand ich die Beleidigung, die mir zugefügt worden war. Aber endlich war das lange Bankett zu Ende. Die Tische wurden abgeräumt. Der Kaiser bestieg ein Podest an einem Ende des Raumes und setzte sich auf einen Thron, und die Unterhaltung begann. Es war nur das, was die alte Geschichte erwarten ließ - Musiker, tanzende Mädchen, Gaukler und dergleichen.

Gegen Mitternacht verkündete der Zeremonienmeister, dass die Sklavinnen, die dem Kaiser seit seiner Ankunft in Neu-Gondar geschenkt worden waren, vorgeführt würden, dass der königliche Gastgeber eine nach seinem Belieben auswählen würde, und dass er dann den Rest seinen Gästen präsentieren würde. Ah, welch königliche Großzügigkeit!

Eine kleine Tür an einer Seite des Raumes öffnete sich, und die armen Geschöpfe traten ein und stellten sich in einer langen Reihe vor dem Thron auf. Sie standen mit dem Rücken zu mir. Ich sah nur gelegentlich ein Profil, als sich hin und wieder ein kühner Geist unter ihnen umdrehte, um die Wohnung und die prächtige Versammlung von Offizieren in ihren glänzenden Uniformen zu betrachten. Es waren Profile von jungen Mädchen, und sie waren hübsch, aber das Grauen war unauslöschlich in alle ihrer Gesichter eingeprägt. Ich erschauderte, als ich ihr trauriges Schicksal bedachte, und wandte meinen Blick ab.

Ich hörte, wie der Zeremonienmeister ihnen befahl, sich vor dem Kaiser niederzuwerfen, und hörte die Geräusche, als sie vor ihm auf die Knie gingen und ihre Stirnen am Boden berührten. Dann ertönte die Stimme des Beamten wieder, in einem scharfen und unmissverständlichen Befehl.

"Runter, Sklave!", rief er. "Gehorche deinem Herrscher!"

Ich blickte auf, angezogen vom Ton der Männerstimme, und sah eine einzelne, gerade, schlanke Gestalt, die aufrecht in der Mitte der Reihe der sich niederwerfenden Mädchen stand, die Arme über der Brust verschränkt und das kleine Kinn in der Luft. Ihr Rücken war mir zugewandt - ich konnte ihr Gesicht nicht sehen, obwohl ich gerne das Antlitz dieser wilden jungen Löwin gesehen hätte, die dort trotzig inmitten dieser Herde verängstigter Schafe stand.

"Runter! Runter!", rief der Zeremonienmeister, machte einen Schritt auf sie zu und zog halb sein Schwert.

Mein Blut kochte. Untätig dastehen, während ein Schwarzer dieses tapfere Mädchen meiner eigenen Spezies niederschlägt! Instinktiv machte ich einen Schritt nach vorne, um mich dem Mann in den Weg zu stellen. Aber im selben Augenblick hob Menelek die Hand und hielt den Offizier mit einer Geste auf. Der Kaiser schien interessiert, aber keineswegs verärgert über die Haltung des Mädchens.

"Lasst uns nachfragen", sagte er mit sanfter, angenehmer Stimme, "warum diese junge Frau sich weigert, ihrem Herrscher zu huldigen", und er stellte ihr die Frage selbst direkt.

Sie antwortete ihm auf abessinisch, aber gebrochen und mit einem Akzent, der verriet, wie frisch sie ihre geringen Kenntnisse der Sprache erworben hatte.

"Ich gehe vor niemandem auf die Knie", sagte sie. "Ich habe keinen Souverän. Ich selbst bin der Souverän in meinem eigenen Land."

Menelek lehnte sich bei ihren Worten in seinem Thron zurück und lachte schallend. Seinem Beispiel folgend, was immer die richtige Vorgehensweise zu sein schien, wetteiferten die versammelten Gäste miteinander im Bemühen, lauter zu lachen als der Kaiser.

Das Mädchen kippte nur ihr Kinn ein wenig höher in die Luft - sogar ihr Rücken verkündete ihre völlige Verachtung für ihre Entführer. Schließlich stellte Menelek die Ruhe durch ein einfaches Stirnrunzeln wieder her, woraufhin jeder treue Gast seine fröhliche Miene gegen einen nachahmenden finsteren Blick austauschte.

"Und wer", fragte Menelek, "bist du, und welchen Namen trägt dein Land?"

"Ich bin Victory, Königin von Grabritin", antwortete das Mädchen so schnell und so unerwartet, dass ich vor Erstaunen nach Luft schnappte.

KAPITEL IX.

Victory! Sie war hier, eine Sklavin dieser schwarzen Eroberer. Noch einmal begann ich, auf sie zuzugehen, aber mein besseres Urteilsvermögen hielt mich zurück - ich konnte ihr nicht anders helfen als durch Heimlichkeit. Konnte ich auf diese Weise überhaupt etwas erreichen? Ich wusste es nicht. Es schien jenseits des Möglichen zu sein, und doch musste ich es versuchen.

"Und du willst nicht vor mir niederknien?", fuhr Menelek fort, nachdem sie gesprochen hatte. Victory schüttelte den Kopf in einer entschiedenen Verneinung.

"Dann sollst du meine erste Wahl sein", sagte der Imperator. "Ich mag deinen Geist, denn das Brechen desselben wird mein Vergnügen an dir vergrößern, und ich fürchte nur, dass er gebrochen werden wird - noch diese Nacht. Bringt sie in meine Gemächer", und er gab einem Offizier an seiner Seite ein Zeichen.

Ich war überrascht, Victory zu sehen, wie sie dem Mann in scheinbar stiller Unterwürfigkeit folgte. Ich versuchte, ihr zu folgen, damit ich bei irgendeiner Gelegenheit in ihrer Nähe sein konnte, um mit ihr zu sprechen oder ihr bei der Flucht zu helfen. Aber nachdem ich ihnen aus dem Thronsaal, durch mehrere andere Gemächer und einen langen Korridor hinunter gefolgt war, fand ich mein Weiterkommen durch einen Soldaten verhindert, der vor einer Tür Wache stand, durch die der Offizier Victory führte.

Fast augenblicklich tauchte der Offizier wieder auf und ging zurück in Richtung des Thronsaals. Ich hatte mich in einem Türrahmen versteckt, nachdem der Wächter mir den Rücken zugekehrt hatte, und als der Offizier sich mir näherte, zog ich mich in den dahinter liegenden Raum zurück, der im Dunkeln lag. Dort blieb ich lange Zeit, beobachtete den Wachposten vor der Tür des Zimmers, in dem Victory gefangen war, und wartete auf irgendeinen günstigen Umstand, der mir Zutritt zu ihr verschaffen würde.

Ich habe nicht versucht, meine Empfindungen in dem Moment, als ich Victory erkannte, vollständig zu beschreiben, denn ich kann Ihnen versichern, dass sie völlig unbeschreiblich waren. Ich hätte mir nie vorstellen können, dass der Anblick irgendeines menschlichen Wesens mich so berühren könnte, wie diese unerwartete Entdeckung von Victory in demselben Raum, in dem ich mich befand, während ich sie wochenlang entweder für tot oder bestenfalls Hunderte von Meilen weiter westlich und für mich so unwiederbringlich verloren gehalten hatte, als wäre sie in Wirklichkeit schon tot.

Ich war von einem seltsamen, wahnsinnigen Drang erfüllt, ihr nahe zu sein. Es reichte nicht aus, ihr nur zu helfen oder sie zu beschützen - ich wollte sie berühren, sie in meine Arme nehmen. Ich war über mich selbst erstaunt. Noch etwas verwirrte mich - es war mein unbegreifliches Hochgefühl, seit ich sie wieder gesehen hatte. Mit einem Schicksal, das schlimmer war als der Tod, und mit dem Wissen, dass ich wahrscheinlich innerhalb einer Stunde sterben würde, wenn ich sie verteidigte, war ich immer noch glücklicher, als ich es seit Wochen gewesen war - und das alles, weil ich für ein paar kurze Minuten die Gestalt eines kleinen heidnischen Mädchens wiedergesehen hatte. Ich konnte mir das nicht erklären, und es machte mich wütend; ich hatte noch nie solche Empfindungen in der Gegenwart einer Frau gehabt, und ich hatte zu meiner Zeit mit einigen sehr schönen Frauen Liebe gemacht.

Es schien eine Ewigkeit her zu sein, dass ich im Schatten dieser Türöffnung stand, in dem schlecht beleuchteten Korridor des Palastes von Menelek XIV. Ein schwacher Lichtstrahl warf eine traurige Blässe auf das schwarze Gesicht des Wächters. Der Kerl schien wie angewurzelt zu sein. Offensichtlich würde er nie wieder weggehen oder sich umdrehen.

Ich war erst kurze Zeit in meinem Versteck, als ich in der Ferne Kanonenschüsse hörte. Der Waffenstillstand war zu Ende, und die Schlacht wurde wieder aufgenommen. Kurz darauf bebte die Erde, als eine Granate in der Stadt explodierte, und von Zeit zu Zeit explodierten weitere Granaten in nicht allzu großer Entfernung vom Palast. Die gelben Männer bombardierten wieder Neu-Gondar.

In diesem Moment begannen Offiziere und Sklaven den Korridor zu durchqueren, um ihre Aufgaben zu erledigen, und dann kam der Kaiser, finster und zornig. Ihm folgten ein paar persönliche Diener, die er an der Tür zu seinen Gemächern entließ - dieselbe Tür, durch die Victory entführt worden war. Ich mühte mich ab, ihm zu folgen, aber der Korridor war voll von Menschen. Schließlich begaben sie sich in ihre eigenen Gemächer, die auf beiden Seiten des Korridors lagen.

Ein Offizier und ein Sklave betraten genau den Raum, in dem ich mich versteckt hatte, und zwangen mich, mich in der Dunkelheit auf die Seite zu drücken, bis sie gegangen waren. Dann machte der Sklave ein Licht, und ich wusste, dass ich ein anderes Versteck finden musste.

Ich trat mutig in den Korridor und sah, dass er jetzt leer war, bis auf einen einzigen Wachposten vor der Tür des Kaisers. Er blickte auf, als ich aus dem Raum trat, dessen Bewohner mich nicht gesehen hatten. Ich ging geradewegs auf den Soldaten zu, mein Entschluss stand in einem Augenblick fest. Ich versuchte, einen Ausdruck kriechender Unterwürfigkeit vorzutäuschen, und es muss mir gelungen sein, denn ich brachte den Mann völlig aus der Fassung, sodass er mir erlaubte, mich bis in die Reichweite seines Gewehrs zu nähern, bevor er mich stoppte. Dann war es zu spät für ihn.

Ohne ein Wort oder eine Warnung riss ich ihm die Waffe aus der Hand und versetzte ihm gleichzeitig mit der geballten Faust einen gewaltigen Schlag zwischen die Augen. Er taumelte vor Überraschung zurück, zu verblüfft, um auch nur zu schreien, und dann schlug ich mit einem einzigen mächtigen Schlag mit dem Gewehr nach ihm und brachte ihn zu Fall.

Einen Augenblick später stürmte ich in den Raum dahinter. Er war leer!

Ich schaute mich um, wahnsinnig vor Enttäuschung. Zwei Türen öffneten sich von hier aus zu anderen Räumen. Ich lief zu der näheren und lauschte. Ja, Stimmen kamen von dort, und eine war die einer Frau, gleichmäßig und kalt und voller Verachtung. Es war kein Schrecken darin. Es war die von Victory.

Ich drehte den Knauf und schob die Tür nach innen, gerade noch rechtzeitig, um zu sehen, wie Menelek das Mädchen packte und in den hinteren Teil der Wohnung zerrte. Im selben Moment gab es ein ohrenbetäubendes Getöse direkt vor dem Palast - eine Granate war viel näher eingeschlagen als alle ihre Vorgänger. Der Lärm übertönte mein schnelles Hetzen durch den Raum.

Aber in ihrem Kampf drehte Victory Menelek um, so dass er mich sehen konnte. Sie schlug ihm mit ihrer geballten Faust ins Gesicht, und jetzt würgte er sie.

Als er mich erblickte, stieß er ein wütendes Gebrüll aus.

"Was soll das, Sklave?", schrie er. "Raus hier! Raus mit dir! Schnell, bevor ich dich töte!"

Aber als Antwort stürzte ich mich auf ihn und schlug ihn mit dem Gewehrkolben. Er taumelte zurück und ließ Victory zu Boden fallen, dann schrie er laut nach der Wache und kam auf mich zu. Wieder und wieder schlug ich zu; aber sein dicker Schädel hätte eine Panzerung sein können, so sehr habe ich ihn getroffen.

Er versuchte, sich mir zu nähern und das Gewehr zu ergreifen, aber ich war stärker als er, riss ihm die Waffe aus der Hand, warf sie beiseite und griff ihm mit meinen bloßen Händen an die Kehle. Ich hatte nicht gewagt, die Waffe abzufeuern, weil ich befürchtete, dass ihr Schuss die größere Wache, die am anderen Ende des Korridors stationiert war, auf den Plan rufen würde.

Wir kämpften im Raum, schlugen uns gegenseitig, warfen Möbel um und wälzten uns auf dem Boden. Menelek war ein kräftiger Mann, und er kämpfte um sein Leben. Unaufhörlich rief er nach der Wache, bis es mir gelang, ihn an der Kehle zu packen; aber es war zu spät. Seine Schreie wurden gehört, und plötzlich sprang die Tür auf, und eine Schar bewaffneter Gardisten stürmte in die Wohnung.

Victory schnappte sich das Gewehr vom Boden und sprang zwischen mich und sie. Ich hatte den schwarzen Kaiser auf den Rücken geworfen, beide Hände an seiner Kehle und würgte das Leben aus ihm heraus.

Der Rest geschah im Bruchteil einer Sekunde. Es gab einen krachenden Aufprall über uns, dann eine ohrenbetäubende Explosion in der Kammer. Rauch und Pulverdampf erfüllten den Raum. Halb betäubt erhob ich mich von dem leblosen Körper meines Gegners, gerade noch rechtzeitig, um zu sehen, wie Victory auf die Füße taumelte und sich mir zuwandte. Langsam lichtete sich der Rauch und gab den Blick auf die zerschmetterten Überreste der Wache frei. Eine Granate war durch das Dach des Palastes gefallen und genau hinter der Gruppe von Gardisten explodiert, die ihrem Kaiser zu Hilfe kommen wollten. Warum weder Victory noch ich getroffen wurden, ist ein Wunder. Der Raum war ein einziger Trümmerhaufen. Ein großes, gezacktes Loch klaffte in der Decke, und die Wand zum Korridor hatte es völlig weggesprengt.

Als ich aufstand, stand Victory auch auf und kam auf mich zu. Aber als sie sah, dass ich unverletzt war, blieb sie stehen und stand in der Mitte der zerstörten Wohnung und sah mich an. Ihr Gesichtsausdruck war unergründlich - ich konnte nicht erraten, ob sie froh war, mich zu sehen, oder nicht.

"Victory!", rief ich. "Gott sei Dank, dass du in Sicherheit bist!" Und ich ging auf sie zu, mit einer größeren Freude im Herzen, als ich sie seit dem Augenblick empfunden hatte, an dem ich wusste, dass die Coldwater jenseits der Dreißig sein musste.

Sie antwortete mir nicht mit Freude in den Augen. Stattdessen stampfte sie wütend mit dem kleinen Fuß auf.

"Warum musstest du es sein, der mich gerettet hat!", rief sie aus. "Ich hasse dich!"

"Mich hassen?", fragte ich. "Warum solltest du mich hassen, Victory? Ich hasse dich nicht. ICH ... ICH ..." Was wollte ich sagen? Ich war ihr sehr nahe, als ein großes Licht über mich hereinbrach. Warum hatte ich das noch nie erkannt? Die Wahrheit erklärte viele bis dahin unerklärliche Stimmungen, die mich von Zeit zu Zeit heimgesucht hatten, seit ich Victory zum ersten Mal gesehen hatte.

"Warum ich dich so hasse?", fuhr sie fort. "Weil Snider mir gesagt hat - er hat mir gesagt, dass du mich ihm versprochen hast, aber er hat mich nicht bekommen. Ich habe ihn getötet, so wie ich dich töten möchte!"

"Snider hat gelogen!", schrie ich. Und dann packte ich sie und hielt sie in meinen Armen und zwang sie, mir zuzuhören, obwohl sie sich wehrte und kämpfte wie eine junge Löwin. "Ich liebe dich, Victory. Du musst wissen, dass ich dich liebe - dass ich dich immer geliebt habe und dass ich niemals ein so niederes Versprechen hätte abgeben können."

Sie hörte auf, sich zu wehren, nur ein wenig, aber sie versuchte immer noch, mich von sich zu stoßen. "Du hast mich eine Barbarin genannt!", schmollte sie.

Ah, das war es also! Das ärgerte mich immer noch. Ich drückte sie an mich.

"Eine Barbarin kann man nicht lieben", fuhr sie fort, aber sie hatte aufgehört, sich zu wehren.

"Aber ich liebe doch eine Barbarin, Victory!", rief ich, "die liebste Barbarin der Welt."

Sie hob ihre Augen zu den meinen, und dann legten sich ihre glatten, braunen Arme um meinen Hals und zogen meine Lippen auf die ihren.

"Ich liebe dich - ich habe dich immer geliebt!", sagte sie, und dann vergrub sie ihr Gesicht an meiner Schulter und schluchzte. "Ich bin so unglücklich gewesen", sagte sie, "aber ich konnte nicht sterben, solange ich dachte, dass du leben würdest."

Während wir so dastanden und augenblicklich alles andere als unser neu gefundenes Glück vergaßen, nahm die Heftigkeit des Bombardements zu, bis kaum noch dreißig Sekunden zwischen den Granaten verstrichen, die über dem Palast niederprasselten.

Ein längerer Aufenthalt würde den sicheren Tod bedeuten. Wir konnten nicht auf dem Weg entkommen, auf dem wir die Wohnung betreten hatten, denn nicht nur der Korridor war jetzt durch Trümmer verstopft, sondern jenseits des Korridors gab es zweifellos viele Mitglieder des kaiserlichen Haushalts, die uns aufhalten würden.

Auf der gegenüberliegenden Seite des Raumes befand sich eine weitere Tür, zu der ich den Weg wies. Sie öffnete sich in ein drittes Appartement mit Fenstern, die zu einem Innenhof führten. Von einem dieser Fenster aus überblickte ich den Innenhof. Offenbar war er leer, und die Räume auf der gegenüberliegenden Seite waren unbeleuchtet.

Ich assistierte Victory beim Öffnen und folgte ihr. Gemeinsam überquerten wir den Hof und entdeckten auf der gegenüberliegenden Seite eine Reihe breiter Holztüren, die in die Wand des Palastes gesetzt waren, mit kleinen Fenstern dazwischen. Als wir dicht hinter einer der Türen standen und lauschten, wieherte ein Pferd darin.

"Die Ställe!", flüsterte ich, und einen Moment später hatten wir eine Tür aufgestoßen und traten ein. Aus der Stadt um uns herum hörten wir den Lärm großer Unruhen und ganz in der Nähe die Geräusche der Schlacht - das Krachen tausender Gewehre, das Geschrei der Soldaten, die heiseren Befehle der Offiziere und das Blasen der Signalhörner.

Das Bombardement hatte so plötzlich aufgehört, wie es begonnen hatte. Ich schätzte, dass der Feind die Stadt stürmte, denn die Geräusche, die wir hörten, waren die Geräusche des Nahkampfes.

In den Ställen tastete ich herum, bis ich Sättel und Zaumzeug für zwei Pferde gefunden hatte. Aber danach konnte ich in der Dunkelheit nur noch ein einziges Reittier finden. Die Türen auf der gegenüberliegenden Seite, die zur Straße führten, standen offen, und wir konnten sehen, wie große Mengen von Männern, Frauen und Kindern in Richtung Westen flohen. Soldaten, zu Fuß und zu Pferd, schlossen sich dem verrückten Exodus an. Ab und zu kam ein Kamel oder ein Elefant vorbei, der einen Offizier oder Würdenträger in Sicherheit brachte. Es war offensichtlich, dass die Stadt jeden Moment fallen würde - eine Tatsache, die durch die entsetzte Eile des angstbesessenen Pöbels deutlich verkündet wurde.

Pferde, Kamele und Elefanten zertraten hilflose Frauen und Kinder unter ihren Füßen. Ein einfacher Soldat zerrte einen General von seinem Pferd, sprang auf den Rücken des Tieres und floh die überfüllte Straße hinunter in Richtung Westen. Eine Frau ergriff ein Gewehr und erschlug einen Hofwürdenträger, dessen Pferd ihr Kind zu Tode getrampelt hatte. Schreie, Flüche, Befehle, Bitten erfüllten die Luft. Es war eine furchtbare Szene - eine, die sich für immer in mein Gedächtnis eingebrannt hat.

Ich hatte das einzige Pferd gesattelt und aufgezäumt, das der Hofstaat bei seiner Flucht offenbar übersehen hatte, und Victory und ich standen etwas zurückgesetzt im Schatten des Stallinneren und beobachteten das wogende Gedränge draußen.

Hätten wir die Straße betreten, so hätten wir uns in noch größere Gefahr begeben, als wir ohnehin schon waren. Wir beschlossen zu warten, bis sich der Strom der Schwarzen lichtete, und mehr als eine Stunde lang standen wir dort, während auf der Ostseite der Stadt die Geräusche der Schlacht tobten und die Bevölkerung nach Westen flüchtete. Immer zahlreicher wurden die uniformierten Soldaten unter dem fliehenden Volk, bis zum Schluss die Straße voll von ihnen war. Es war kein geordneter Rückzug, sondern eine Flucht, vollständig und schrecklich.

Die Kämpfe kamen nun immer näher, bis das Krachen der Gewehre genau in der Straße ertönte, auf die wir blickten. Und dann kam eine Handvoll tapferer Männer - eine kleine Nachhut, die sich langsam nach Westen zurückzog und ihre rauchenden Gewehre in fieberhafter Eile handhabten, während sie Salve um Salve auf den Feind feuerten, den wir nicht sehen konnten.

Aber sie wurden immer weiter zurückgedrängt, bis die erste Linie des Feindes unserem Unterstand gegenüberstand. Es waren Männer von mittlerer Größe, mit olivfarbenem Teint und mandelförmigen Augen. Ich erkannte in ihnen die Nachkommen der alten chinesischen Spezies.

Sie waren gut uniformiert und hervorragend bewaffnet, und sie kämpften tapfer und unter perfekter Disziplin. Ich war so vertieft in das aufregende Geschehen auf der Straße, dass ich nicht hörte, wie sich von hinten eine Gruppe von Männern näherte. Es war eine Gruppe der Eroberer, die in den Palast eingedrungen war und ihn durchsuchte.

Sie kamen so unerwartet auf uns zu, dass wir Gefangene waren, bevor wir begriffen, was geschehen war. In dieser Nacht wurden wir unter einer starken Bewachung außerhalb der östlichen Stadtmauer festgehalten, und am nächsten Morgen begann ein langer Marsch in Richtung Osten.

Unsere Entführer waren nicht unfreundlich zu uns und behandelten die weiblichen Gefangenen mit Respekt. Wir marschierten viele Tage lang - so viele, dass ich sie nicht mehr zählen konnte - und schließlich kamen wir in eine andere Stadt, diesmal eine chinesische Stadt, die an der Stelle des alten Moskau steht.

Es war nur eine kleine Grenzstadt, aber sie war gut gebaut und gut erhalten. Hier befindet sich eine große Militäreinheit, und hier ist auch die Endstation der Eisenbahn, die das moderne China mit dem Pazifik verbindet.

Alles, was wir in der Stadt sahen, deutete auf eine hohe Zivilisation hin, was mich in Verbindung mit der humanen Behandlung, die allen Gefangenen auf dem langen und ermüdenden Marsch zuteilwurde, zu der Hoffnung ermutigte, dass ich mich hier an einen hohen Offizier wenden könnte, um die Behandlung zu erhalten, die mein Rang und meine Herkunft verdienten.

Wir konnten uns mit den Aufsehern nur durch Dolmetscher unterhalten, die sowohl Chinesisch als auch Abessinisch sprachen. Aber es gab viele von ihnen, und kurz, nachdem wir die Stadt erreicht hatten, überredete ich einen von ihnen, eine mündliche Nachricht an den Offizier zu überbringen, der die Truppen während der Rückkehr von Neu-Gondar befehligt hatte, mit der Bitte, dass ich von einem hohen Beamten angehört werden möge.

Die Antwort auf meine Bitte war eine Vorladung, vor dem Offizier zu erscheinen, an den ich meinen Appell gerichtet hatte. Ein Feldwebel holte mich zusammen mit dem Dolmetscher ab, und es gelang mir, seine Erlaubnis zu erhalten, Victory mitzunehmen - ich hatte sie seit unserer Gefangennahme nie mit den Gefangenen allein gelassen.

Zu meiner Freude stellte ich fest, dass der Offizier, in dessen Gegenwart wir geführt wurden, fließend abessinisch sprach. Er war verblüfft, als ich ihm sagte, dass ich Pan-Amerikaner sei. Im Gegensatz zu allen anderen, mit denen ich seit meiner Ankunft in Europa gesprochen hatte, war er mit der alten Geschichte gut vertraut - er kannte die Bedingungen des einundzwanzigsten Jahrhunderts in Pan-Amerika und war, nachdem er mir ein halbes Dutzend Fragen gestellt hatte, überzeugt, dass ich die Wahrheit sprach.

Als ich ihm sagte, dass Victory die Königin von England sei, zeigte er wenig Überraschung und erzählte mir, dass sie bei ihren jüngsten Erkundungen im alten Russland viele Nachkommen des alten Adels und Königtums gefunden hätten.

Er richtete sofort ein komfortables Haus für uns ein, versorgte uns mit Bediensteten und mit Geld und zeigte uns auch sonst jede Art von Aufmerksamkeit und Freundlichkeit.

Er sagte mir, dass er sofort seinem Herrscher telegrafieren würde, und das Ergebnis war, dass wir bald darauf den Befehl erhielten, nach Peking zu reisen und uns dem Herrscher vorzustellen.

Wir reisten in einem bequemen Eisenbahnwagen durch ein Land, das, je weiter wir nach Osten reisten, immer mehr Anzeichen von Wohlstand und Reichtum zeigte.

Am imperialen Regierungssitz wurden wir mit großer Freundlichkeit empfangen, da der Regent sehr neugierig auf den Zustand des modernen Pan-Amerikas war. Er erzählte mir, dass er persönlich zwar die Existenz der strengen Vorschriften bedauerte, die eine Barriere zwischen dem Osten und dem Westen errichtet hatten, dass er aber, wie seine Vorgänger, der Meinung war, dass die Anerkennung der Wünsche der großen Pan-Amerikanischen Föderation dem anhaltenden Frieden der Welt am förderlichsten wäre.

Sein Reich umfasst ganz Asien und die Inseln des Pazifiks bis 175°W im Osten. Das japanische Reich existiert nicht mehr, da es vor über hundert Jahren von China erobert und absorbiert wurde. Die Philippinen werden gut verwaltet und sind eine der fortschrittlichsten Kolonien des chinesischen Imperiums.

Der Regent sagte mir, dass der Aufbau dieses großen Imperiums und die Verbreitung der Aufklärung unter seinen vielfältigen und wilden Völkern die größten Anstrengungen von fast zweihundert Jahren erfordert hätten. Als er seinen Platz an der Macht eingenommen hatte, fand er die Arbeit fast vollendet und wandte seine Aufmerksamkeit der Rückgewinnung Europas zu.

Sein Ehrgeiz ist es, es den Händen der Schwarzen zu entreißen und dann das Werk zu versuchen, die gefallenen Völker wieder aufzubauen und in den hohen Stand zu bringen, aus dem der Große Krieg sie gestürzt hat.

Ich fragte ihn, wer in diesem Krieg siegreich war, und er schüttelte traurig den Kopf, als er antwortete:

"Pan-Amerika vielleicht und China mit den Schwarzen von Abessinien", sagte er. "Diejenigen, die nicht kämpften, waren die einzigen, die irgendwelche der mit einem Sieg angeblich verbundenen Früchte ernteten. Die Kämpfenden ernteten nichts als Vernichtung. Sie haben es gesehen - besser als jeder andere Mensch werden Sie begreifen, dass es keinen Sieg für irgendeine Nation gab, die in diesen schrecklichen Krieg verwickelt war."

"Wann hat er geendet?", fragte ich ihn.

Wieder schüttelte er den Kopf. "Er ist noch nicht zu Ende. Es wurde nie ein formeller Frieden in Europa erklärt. Nach einer Weile war keiner mehr da, der Frieden schließen konnte, und die primitiven Stämme, die aus den Überlebenden hervorgingen, kämpften weiter untereinander, weil sie keinen anderen, besseren Zustand der Gesellschaft kannten. Krieg zerstörte die Werke der Menschen - Krieg und Seuchen zerstörten die Menschen selbst. Gott gebe, dass es nie wieder einen solchen Krieg geben wird!"

* * * *

Sie alle wissen, wie Porfirio Johnson mit John Alvarez in Handschellen nach Pan-Amerika zurückkehrte; wie Alvarez' Prozess eine Volksdemonstration auslöste, die die Regierung nicht ignorieren konnte. Sein wortgewaltiger Appell - nicht für sich selbst, sondern für mich - ist historisch, ebenso wie seine Ergebnisse. Sie wissen, dass eine Flotte über den Atlantik geschickt wurde, um nach mir zu suchen, wie die Beschränkungen gegen die Überquerung der Dreißig Grenze und der Einhundertfünfundsiebzig für immer aufgehoben wurden und wie die Offiziere nach Peking gelangten, wo sie genau an dem Tag ankamen, an dem Victory und ich am imperialen Regierungssitz geheiratet hatten.

Meine Rückkehr nach Pan-Amerika war ganz anders, als ich es mir ein Jahr zuvor hätte vorstellen können. Anstatt als Landesverräter empfangen zu werden, wurde ich als Held gefeiert. Es war gut, wieder zurückzukommen, gut, die freundliche Behandlung zu erleben, die meiner lieben Victory zuteilwurde, und als ich erfuhr, dass Delcarte und Taylor an der Mündung des Rheins gefunden worden waren und sich bereits wieder in Pan-Amerika befanden, war meine Freude ungetrübt.

Und nun werden wir nach Europa zurückkehren, Victory und ich, mit den Männern und der Munition und der Macht, England für seine Königin zurückzufordern. Wieder werde ich die Dreißig überschreiten, aber unter welch veränderten Bedingungen!

Eine neue Epoche für Europa wird eingeläutet, mit dem erleuchteten China im Osten und dem erleuchteten Pan-Amerika im Westen - den beiden großen Welt- und Friedensmächten, die Gott bewahrt hat, um das gepeinigte und begnadigte Europa wieder aufzubauen. Ich habe viel durchgemacht - ich habe viel gelitten, aber ich habe zwei große 'Lorbeerkränze' jenseits der Dreißig Grenze erworben. Der eine ist die Gelegenheit, Europa von der Barbarei zu befreien, der andere ist eine kleine Barbarin, doch der schönere von beiden ist – meine Victory.

Buchtipps

<u>Das rote Zimmer</u>

und Der neue Nervenbeschleuniger / Das Ding von – „Draußen" / Die Farbe aus dem All Autor:Wells, H.G.; England, G. A.; Lovecraft, H.P. Ein ungenannter Protagonist und Erzähler beschließt, die Nacht in einem angeblich gespenstischen Raum zu verbringen, der im lothringischen Schloss knallrot gefärbt ist. Er beabsichtigt, die Legenden, die ihn umgeben, zu widerlegen. Trotz der vagen ...

<u>Das Kristall-Ei</u>

und Eine Terrornacht / Operation in der vierten Dimension / In der Raumzeit verirrt. Autor: Wells, H.G.; Breuer, Miles J.; Zagat, Arthur Leo. Dieses Buch enthält unter anderem eine gewaltige Geschichte von einem der größten Wissenschaftsautoren. Es ist eine Geschichte, die Sie bis zum Ende raten lässt – eine Geschichte, die Ihnen noch viele Jahre später in ...

<u>Der Mann, der Wunder vollbringen konnte</u>

und Der Maschinenmensch von Ardathia / Der Todesstaub / Der Gesandte der Aliens Autor: Wells, H.G.; Flagg, Francis; Zagat, Arthur Leo; Jameson, Malcolm. Die Titel-Geschichte ist ein Beispiel für die große zeitgenössische Fantasy.Sie stellt als Fantasy-Prämisse (einen Zauberer mit enormer, praktisch unbegrenzter magischer Kraft) nicht in eine exotische, halbmittelalterliche Kulisse, sondern in den tristen Routinealltag des Londoner ...

<u>Der schreckliche Gott Taa</u>

und Die Pilzvergiftung, Satan geht zum Angriff über, Jenseits des Zeittors Autor: Wells, H.G.; Jameson, Malcolm; Zagat, Arthur Leo; O'Brien, David Wright. Die Titel-Geschichte „Der Schreckliche Gott Taa" stammt vom amerikanischen Schriftsteller Malcolm Jameson. „Die großen Bleichgesichter der Erde brachten den Schrecken zum friedlichen Planeten Arania – sie versklavten seine Bewohner und beraubten ihn seiner Schönheit. Aber das ...

<u>In der Tiefe</u>

und Flug zum Titan / Eine Herberge der Hölle / Freddie Funks verrückte Meerjungfrau. Autor: Wells, H.G.; Weinbaum, Stanley G.; Zagat, Arthur Leo; Yerxa, Leroy. Die Titel-Geschichte „In the Abyss (In der Tiefe)" stammt vom englischen Schriftsteller H. G. Wells. Sie beschreibt eine Reise des Forschers Elstead zum Meeresgrund. Dieser hat einen Apparat erfunden, mit dem eine ...

<u>Sternengezeugt</u>

Eine Verschwörungstheorie über die Genmanipulation durch Außerirdische Autor: Wells H.G. In ‚Sternengezeugt' befasst sich der Autor H.G. Wells erneut mit der Idee der Existenz von Außerirdischen, über die er in dem Roman ‚Krieg der Welten' bereits geschrieben hatte. Es entsteht der Verdacht, dass die Außerirdischen zurückgekehrt sein könnten – diesmal unter Verwendung kosmischer Strahlung, um menschliche Chromosomen ...

<u>Armageddon 2419 AD</u>

Deutschsprachige Ausgabe Autor: Nowlan, Phillip Frances Die Erzählung Armageddon 2419 A.D beschreibt eine endzeitliche Katastrophe im Amerika des 25. Jahrhunderts. Das ganze Land wurde von den Chaharen Han erobert. Die Han besitzen eine hochentwickelte Technologie und haben große Fluggeräte mit Desintegrator-Strahlenwaffen, die tödlich wirken. Von Zeit zu Zeit fallen sie in das amerikanische Land ein, um die letzten ...

<u>Conan der Legendäre: Der Schwarze Koloss</u>

Autor: Howard, Robert E. „Der schwarze Koloss" ist eine der originalen Geschichten mit dem fiktiven Schwert- und Zaubereihelden Conan dem Legendären, geschrieben vom amerikanischen Autor Robert E. Howard und erstmals im Juni 1933 in der Zeitschrift Weird Tales veröffentlicht. Die Geschichte spielt im pseudohistorischen Hyborianischen Zeitalter. Das winzige Königreich Khoraja – mit einer gemischten hyborianischen / schemitischen ...

<u>Conan der Legendäre: Der Schwarze Zirkel</u>

Autor: Howard, Robert E. „Der Schwarze Zirkel" (The People of the Black Circle) ist eine der Original-Novellen über Conan dem legendären Barbaren, geschrieben vom amerikanischen Autor Robert E. Howard und erstmals in der Zeitschrift Weird Tales in drei Teilen in den Ausgaben vom September, Oktober und November 1934 veröffentlicht. Die Geschichte spielt im pseudohistorischen Hyborianischen Zeitalter und …

Conan der Legendäre: Eine Hexe wird geboren

Conan der Legendäre Eine Hexe wird geboren Autor: Howard, Robert E. „Eine Hexe wird geboren" ist eine der Originalgeschichten von Robert E. Howard über Conan den Kimmerier. Sie wurde erstmals 1934 in Weird Tales veröffentlicht. Die Geschichte handelt von einer Hexe, die ihre Zwillingsschwester als Königin eines Stadtstaates ersetzt, was sie in Konflikt mit Conan bringt, der der …

Conan der Legendäre: Rote Nägel

Autor: Howard, Robert E. „Rote Nägel" ist eine der seltsamsten Geschichten, die je geschrieben wurden – die Geschichte eines barbarischen Abenteurers, einer Piratenfrau und einer verschollenen unheimlichen Stadt, die von dem eigentümlichsten Volk der Menschheit bewohnt wurde … Es ist die letzte der originalen Geschichten über Conan den Legendären Kimmerier, die der amerikanische Autor Robert E. …

Conan der Legendäre. Jenseits des Schwarzen Flusses

Autor: Howard, Robert E. „Jenseits des Schwarzen Flusses" (engl. „Beyond the Black River") ist eine der originalen Geschichten über Conan den Kimmerier, geschrieben vom amerikanischen Autor Robert E. Howard und erstmals veröffentlicht in der Zeitschrift Weird Tales, Mai-Juni 1935. Die Geschichte spielt in Conajohara, einer neu gegründeten Provinz in Aquilona. Balthus, ein junger Siedler auf dem Weg …

Buchshop: